阅美文

一朵非虚构之花

米兰 著

米蘭

西苑出版社

图书在版编目（CIP）数据

一朵非虚构之花 / 米兰著 . —北京：西苑出版社，2018.11

ISBN 978-7-5151-0699-1

Ⅰ. ①一… Ⅱ. ①米… Ⅲ. ①散文集－中国－当代 Ⅳ. ① I267

中国版本图书馆 CIP 数据核字 (2018) 第 253232 号

一朵非虚构之花

YIDUO FEI XUGOU ZHI HUA

出品人　赵　晖
责任编辑　陶永学　辛小雪
特约策划　凌　翔
责任印刷　陈爱华　严令升
责任校对　刘娟娟
封面设计　戴　敏
出版发行　西苑出版社 XIYUAN PUBLISHING HOUSE
通讯地址　北京市朝阳区和平街 11 区 37 号楼　邮政编码：100013
电　　话　010-88636419　传真：010-84281520
　　　　　E-mail：xiyuanpub@163.com
印　　刷　三河市金元印装有限公司
经　　销　全国新华书店
开　　本　710 × 1000 毫米　1/16
字　　数　160 千字
印　　张　13
版　　次　2019 年 1 月第 1 版
印　　次　2019 年 1 月第 1 次印刷
书　　号　ISBN 978-7-5151-0699-1
定　　价　49.80 元

目　录

第一辑　根系

死生契阔，与子成说。
——《诗经·击鼓》

第二辑　花儿

皎皎白驹，在彼空谷。
——《诗经·白驹》

第三辑 叶脉

采采芣苢，薄言袺之。
——《诗经·芣苢》

第一辑　根系

死生契阔，与子成说。

——《诗经·击鼓》

棉花之暖

棉花是一种什么花？如果有人这样问，那他肯定是外行。对我们农民来说，棉花是一种农作物而不是“花”。这是最简洁的答案了。

动笔写棉花的时候，“棉花之暖”四个字飞落笔端。是的，棉花总与“温暖”二字相连。

小时候，家里是种过棉花的，很小的一块棉田。之所以是很小的一块棉田，一是因为我们那儿不是植棉区，二是因为种棉花实在太过费工费力。母亲每年都要种一点棉花，只是为了自给自足。一家七口人的棉袄棉裤、棉被棉褥所用棉花，均出自那块棉田。

春天里寒意犹存，植棉的准备工作就得开始了。耕、耙、造墒、施足底肥——棉花是一种全营养型作物，也是一种对施肥技术要求较高的作物。比如说，棉花对氮磷钾的吸收比例是1:0.3:1；比如说，每生产一吨干物质，棉花还需要吸收106克铁、15克硼、14克锰、16克锌、0.77克钼……可见，种棉花是需要技术的。

对棉农来说，技术重要，肯下力、流汗更重要。棉花现蕾及开花期是在七八月份，这是一年中最热的月份，也是虫害最严重的阶段。那些棉铃虫、红蜘蛛、棉盲椿象等诸多害虫，为什么就那么喜欢跑到棉花上去呢？我暑假里最怵头的农活莫过于给棉花喷药了。想想吧，在密不透风的棉田里，身上背着装满了“3911”或者“1605”或者久效磷的喷雾器，倒退着喷了左边喷右边，喷了叶面喷背面，头顶一轮烈日，脚下湿气浓重，空气中弥漫着熏死人的农药味，能不晕倒吗？家里地多，父亲早已为大家分好了工。棉田的责任人是母亲，我充其量只是她的一个小帮工而已。晕倒一次之后，母亲就让我在家休息，再也不让我帮她了。但母亲是无论如何不能在家休息的。人懒了、惰了，地里草长出来了，棉杈长疯了，秋后的收成就得打折扣。庄邻乡亲就会对你指指点点，就会耻笑你这懒、这惰。不管怎么说，懒惰总是不好的品质。记得有一次，母亲实在累垮了，回到家把喷雾器一摔：累煞人了！不干了！……刚从玉米地里回来的父亲一巴掌打过去：你不干谁干！谁不累！

炎炎夏日，远离棉衣的季节，棉花正飞快生长。我的母亲，哭过了，擦干了眼泪，又回到棉地里去了。父亲燃起一支烟的时候，母亲正捂住痛处，沉浸在火花形状的回忆之中……

如今，当我偶尔从棉田中穿过时，看到的不再只是棉花。棉田是用汗水和泪水浇灌的，棉花是在棉农的劳累和辛酸中盛开的。她的生命过程几乎贯穿了春夏秋冬四个季节，几乎吸收了一年中的所有热量，这才是她如此温暖的原因吗？

我曾有一位男友家在北方。那里的土壤、气候特别适宜种植棉花，原野上大片的农作物就是棉花。夜色降临，地面上悄悄升起一团薄雾，棉枝上露水莹莹。我默默地陪着他在村外散着步。远处，有萤火虫闪着光，飞来飞去，时隐时现。有一丝神秘，或许还有一点心旌摇曳。只可惜，那段感情无疾而终。我刻骨铭心地记住了这句话：温暖我们一生的，不是爱情，而是棉花。是的，只有棉花素朴，如夜空星月，兀自闪耀着白色光芒。我有理由在咀嚼痛苦和快乐的时候，一而再、再而三地想起棉花，想起棉花之暖。

棉花的花开了，淡黄的花不比菊花逊色。棉花最美妙的，是她一生中的颜色是多重的：淡黄色的花经过授粉，转成了红色。不久，红色的花凋谢了——不必担心，她的生命如此顽强，她留下了一个小型的绿色蒴果——棉铃，棉铃内有棉籽，棉籽上的茸毛从棉籽表皮长出，塞满棉铃内部。阳光暴晒，棉铃裂开，柔软的白色纤维暴露出来，棉花最终是白色的！白色的棉花才是棉农最终想要的。这时候，忙忙碌碌采摘棉花的季节到了。妇女们腰缠布兜，与秋霜秋雨争分夺秒。只有把棉花抢摘到家，收成才算真正得到了保障。那群妇女中曾经有母亲，也有我的影子。一位英国作家说，男人下地只是一个人罢了，女人下地就成为大地的一部分。说得多么好啊！

冬天到了，采摘下来的棉花被送到加工厂。轧棉机将纤维从棉籽上剥下，经过清理和梳棉，纤维集结成松软绳状，在牵伸作用下拉长、伸直、直径变细，变成纺织厂的原料。我们身上穿的、床上盖的，都直接来自棉花——也有替代品，如动物的皮、毛、羽——也只能是部分替代品——千百年来，棉花带给我们的，除了温暖，还有梦。这不是皮毛所能代替的。

自此，棉花的生命似乎走到了尽头。那些来不及拔掉的棉花棵子站在地里，落满了霜雪，远远看去，就像我们母亲头上的白发。不要以为棉花就老了、没用了。某个寒冷冬夜，我们的炕洞里塞满了棉柴，那红色的、蓝色的火焰才是棉花最终的去处，她把最后一丝暖留给人间，她在生命的最后时刻，绽放得更加绚烂！

棉花，她还有一个名字叫“母亲”。

知了声声

小时候的记忆中，节气一过“芒种”，日渐丰满的树上就开始断断续续传来知了的叫声。四散的风将那声音拿捏得忽东忽西。过不了几日，浓稠的绿影间一大片知了的合唱就赛歌般此起彼伏起来。这时的庄稼地里，一畦一畦的麦茬还历历在目。套种的玉米被肥水忽略的缘故，蔫蔫地挺不起身子。偶有拾麦人的身影从大田这头转到那头，已是再三失望——节俭惯了的老农们，怎会粗心大意落下那么多麦穗让别人捡了去？

说话间，一场雨不紧不慢地滋润了庄稼人的心田，玉米苗便疯了般往高里往粗里长，身子骨“咔吧咔吧”响。

三伏天接踵而至，一向勤作的庄稼人也奢侈了一把，躺在门道里或大树下睡起了晌觉。那睡姿是不必讲究的，粗重的鼾声同汗水一道，肆无忌惮地宣泄在酷夏的正午时分。

孩子们是不愿睡晌觉的。他们早就拿了一根长竹竿、一块破蚊帐布溜了出去。村东的河岸上密密匝匝茂盛着杨柳榆槐，那是知了的密集地。

孩子们把蚊帐布绑到竹竿头上做成捕蝉器，一晌午逮一大碗知了是没问题的。这一大碗知了用盐水一渍，放到锅里一炒，晚饭桌上便多了一道荤菜——其实，知了还不是最好吃的，最好吃的是知了的幼虫叫“知了猴”。知了猴只有在天黑以后才从地底下爬出来，爬到树上、土墙上或者麦秸垛上完成蜕变过程。

等待天黑的过程对于孩子们来说并不漫长，水湾里的蝌蚪呀、青蛙呀、“扁担钩”呀，都是他们的玩伴。他们彼此之间的游戏也很多，那游戏无一例外都与体力消耗有关，可流点汗怕什么，满脸泥巴也不怕，水湾边撩起水一洗，那才叫一个舒服！

终于，晚霞渐渐褪尽，水里蛙声骤起，树上知了声声，那些打碗碗花、野茑萝格外温柔娴静，一如农家女子，既不乏原始的浓烈生命力，又有翩若惊鸿之美。多少年后，我在《诗经》里看到了同样的景色——

野有蔓草，零露漙兮。有美一人，清扬婉兮。

是啊，田野蔓草多茂盛，闪闪露珠水盈盈，有位美女好秀丽，眉角飞扬目又清……此时，村庄上空，炊烟升起来了，袅袅娜娜漫过房檐、屋脊，然后就不知去了哪里。孩子们一天中最后的节目开始了，他们踱到树多的地方、陈年的草垛旁、旮旮旯旯里“摸”知了猴。谁最先找到一个谁就会大肆炫耀一番，谁找得最多，谁就是快乐王子。直到村头上传来“狗儿，吃饭了——”的一阵吆喝声后，四周很快归于寂静，只留荆榛丛杂间、郁郁枝叶间发出的鸟韵虫鸣，那是美妙的天籁，盈盈于耳，脉脉于心。

下大雨的时候，河里涨满了水，滔滔南来，滚滚北去。村里人不约而同拿上工具齐聚到河边防汛，身上披的蓑衣厚且重，但很美。是的，庄稼人把草穿在身上，朴素就美到了极致，再大的雨水也湿不了心。这种战天斗地热火朝天的活动中，大庆儿一家最是惹眼，他爹引以为豪的八个儿子人称“八大金刚”，高高低低自成一群，那势力大得让人暗地里羡慕。遗憾的是，“八大金刚”后来接二连三饿死了俩，病死了仨，还有一个送了人。大庆儿排行老七，比我大两岁，是爬树能手。那年春天，他自告奋勇地爬到一棵高大的洋槐树上帮我砍槐花，一嘟噜一嘟噜的槐花接连不断落下来，我在小伙伴们羡慕的目光中喜滋滋地装满了两大筐。但不幸的事发生了，大庆儿那把锋利无比的砍刀一下子从树上掉了下来，我脑袋后面立刻血流如注，小伙伴们七手八脚抓起细土去堵那血口子，闻讯而来的母亲心疼得号啕大哭。吓坏了的大庆儿说什么也不肯从树上下来，硬是在树上趴了整整一宿。赤脚医生怎么处理的伤口我忘了，反正现在我耳朵后面这道明显的疤痕，就是那次事故留下的。大庆儿十四岁那年病死了，我也说不清是什么病夺走了他的命。他爹把他葬到了河岸的斜坡上，坡上浓密的紫穗槐正盛开着紫色的花穗。此后的许多个夜晚，大庆儿爹的胡琴声呜呜咽咽，盖过了知了的叫声，悲切在村里人的心头……

二十多年后，我带着放了暑假的女儿回老家小住，院子里知了的聒噪声让我难以午睡，便拿了把蒲扇信步来到村东的小河边。河道里自然是干涸的，垃圾堆得到处都是。岸上的树早已被砍光了，只剩下一片荒草。印象中高高的河堤被挖土机挖得支离破碎不成样子。碰到在岸边居住的三婶，闲聊时问起现在知了猴、知了皮的价钱，那可是我们小时候购买学习用品的主要资金来源。三婶笑着说：“妮儿，你真傻，谁还稀罕那俩钱，怪费事的。”

我知道，富起来的村庄已经辜负了大自然的馈赠。

我的潴龙河

早年，我们村东有条河叫潴龙河，常年流淌着从白云山上流下来的清凌凌的水，尹桥村的日子因此而过得有声有色有滋有味。

河水自南而北流去。随之流走的，还有一些小鱼小虾。大人们有闲情逸致的时候，就会蹲在河边，抓几条小鱼放进空罐头瓶子里，拿回家给小孩子玩。小孩子自己也经常到河里逮鱼，放到瓦盆里，用手抓着玩。那个年代的人，好像不知道小鱼是可以吃的，炖汤或者油炸，其实都很有营养。是的，我们从来不吃小鱼，小鱼是用来赏玩的。

村里的田地都在潴龙河以东。夕阳西下，村子被晚霞照耀得一片通红，河面上也泛着一层红光。下田归来的人，无一例外都会在河边停下来，双手捧起清凌凌的河水猛喝一通，然后洗脸洗脚，再顺手抓块干沟石，把锄镰锨镢上的泥巴和草屑在河里清理干净，最后长舒一口气，悠闲地扛起农具，哼着小曲回家吃饭了。

潴龙河实在是个歇脚解乏的好地方。

河底有许多干沟石，是一种质地较“软”的土黄色石头。长年累月经水流冲击，干沟石不断变幻形态姿色，或壮如金牛，或形似翠鸟，或枝蔓条分玉树临风，或体貌端正泰山般庄伟。语文课上，老师解释成语“水滴石穿”，即以干沟石之奇形怪状为例，说它们是“水滴石穿”的结果。可我们都不相信，水那么软，石头那么硬，水怎么可能打败石头？

每年一过“立夏”，男孩子们就迫不及待开始偷偷摸摸下河游水了。河堤上两排槐树正花开满枝日夜飘香，河水也被熏香了。男孩子们游泳的姿势并不优美，他们只会“狗刨”，但并不妨碍一个“乐”字：扎猛子、打水仗、捉鱼抓虾，好玩着呢。大人们也经常下水。夏天的夜晚，在水里泡上一阵子，白日里劳作的疲惫就消失了，身体洁净了，觉也睡得香甜了，美着呢。

潴龙河的水是甜的。它们从白云山上流下来，流经诸多岩洞、沟坎、草地，到达尹桥村的时候，已经充分氧化，变成了名副其实的矿泉水，好喝着呢。大人们常说，井水是“懒水”，不好喝；河水是“甜水”，所以我们都从河里挑水喝。有一年，我小叔去河里挑水，站在桥上把水桶放进河里灌水时，突然有一条大鱼跳起来，一下子跳到小叔怀里，差点把他撞倒。小叔紧紧抱住大鱼往岸上跑，水桶也不要了。得了这么一条大鱼，小叔那个高兴啊。后来鱼被养在了大水缸里，每天我们都趴到水缸边看啊看啊。俗话说，花盆里栽不出万年松，水缸里养不起大鲤鱼，那鱼不几天就死了，于是我们都沾了小叔的光，美美地吃了一顿糖醋鱼。

潴龙河给我们带来的欢乐不计其数。

当然，河水也有发怒的时候。尤其夏天，暴雨不断，山上冲下来的大水滚滚倾泻，河道涨满了，眼见得要涨到河堤上来了，蹲在河岸上看水的村人们害怕了。突然，不知怎么回事，春妮一下子落进水里去了，很快淹没在滚滚洪流中。幸亏她的三个哥哥就在附近，在人们的呼喊声中，他们奋不顾身跳进河里，争先恐后去救妹妹。也不知游了多远，总算把妹妹拽上来了。人们用门板抬着春妮赶紧往家跑，我们一帮小孩子也跟在后面跑。春妮的肚子鼓鼓的，那么大！大家七手八脚把她抬进饭堂，平放到大铁锅锅沿上，用擀面杖用力擀她的肚子，硬是把肚子里的水擀了出来，春妮"哇"地一声大哭，竟然活过来了！真是奇迹呀。

潴龙河岸的斜坡上种满了紫穗槐，是一种灌木。整个夏天，紫穗槐枝头上都开满了紫色的花穗，气涩味苦，像一味中药。秋尽了，叶落了，紫穗槐只剩了光秃秃的枝条，在瑟瑟寒风中等待人们来收割。这些枝条可用于编筐、编篓，属于冬闲时节的活计。收割紫穗槐的过程是极为痛苦的，枝条上残存着许许多多刺毛，人的皮肤一接触那些毛毛，会立即红肿起来，针刺般难受。所以割紫穗槐这活，让生产队长很头疼，谁都不喜欢干，实在不好安排。

像许多人记忆中的小河一样，潴龙河给我们带来过无尽的欢乐。当然，也像许多人叹息的那样，记忆中的欢乐消失了——常年流淌的河水干涸了，岸上的槐树消失了，紫穗槐消失了，河岸变矮了，土方被盖房的人挖走了。潴龙河变成了村里的垃圾场。河道里残存的水洼黑乎乎的，众多化工厂排出的污水长年累月地下渗，把村里的地下水污染了。"甜水"没了，"懒水"也不能喝了。前几年村里集资打过一眼深井，据说时间不长深井水也不能喝了。现在我们村都是从南部山区的西董镇买水喝，八角钱一桶——多少年前，他们说什么也想不到，喝水竟然要花钱买！

我的三奶奶

童年的夏夜，星光尤其亮。三奶奶摇着蒲扇，娓娓道来的传说与故事，凭空为那些夜晚增添了几许神秘色彩。后来听到一首歌，叫《龙文》:“宫商角徵羽，琴棋书画唱，孔雀东南飞，织女会牛郎……”歌词意蕴丰美而优雅。思旧事，即联想起我的三奶奶。

三奶奶是我三爷爷的第二任妻子。我对三爷爷的前任妻子没有记忆，听说她为三爷爷生下两个儿子后不幸因病去世了，去世的时候还不到二十五岁。后来，三爷爷续娶了我这位记忆中的三奶奶。三奶奶十六岁嫁到李家来，有着一双旧时代普遍认可的奇异的“三寸金莲”，李家人因之而奔走相告脸上生光，尤其三爷爷，枯杨生稊，自是喜不自禁。

我们家是个大家庭，有着众多的兄弟关系、婆媳关系、妯娌关系。我奶奶与我母亲婆媳关系不冷不热，倒是三奶奶与我母亲特别投缘，她俩像要好的姐妹一样常来常往，相互之间说些悄悄话、私房话什么的，没有禁忌。那时候家里都还没有空调电扇、电脑电视，也不记得有收音机之类的东西。酷暑难耐的夜晚，人们撂下碗筷就跑去大街上乘凉。大人们坐着板凳，孩子们躺在地上，三个一堆，五个一群。三奶奶大多时候与我母亲凑在一起，聊着家长里短。她们窃窃私语的时候，母亲就用目光示意我走开，我偏不走，就愿意黏在她俩身边，只想等着听三奶奶讲那些好听的故事。“今日云骈渡鹊桥，应非脉脉与迢迢”，讲的是七夕节牛郎织女鹊桥相会的故事；“林黛玉焚稿断痴情，薛宝钗出闺成大礼”，不用说，是《红楼梦》中最令人伤心的章节；手持火尖枪，脚踏风火轮，大闹龙宫的哪吒形象，实在超出我的想象力，倒是不怎么好听，还不如“桃园三结义”，那桃花盛开的季节、那桃花绚烂的园林、那有难同当有福同享的兄弟情谊更加引人入胜；最精彩的莫过于《穆桂英挂帅》，真个是轰轰烈烈荡气回肠。总而言之，三奶奶故事中跌宕起伏的情节、精彩纷呈的人物，让我的梦境丰富无比，也为我的想象力插上了翅膀。后来听刘兰芳说书，《岳飞传》《杨家将》自然令人痴迷，独独缺失了三奶奶讲故事时月光下的那份安静恬淡、蒲扇轻摇中的习习微风以及星光闪烁着的神秘气息。

其实，三奶奶并不识字。听母亲说，三奶奶娘家在淄博市，原本是个大家，后来败落了。她有一位同父异母的兄长，读过不少书，他们兄妹感情不错，她讲的那些故事应该都是从他那儿听来的。现在想来，三奶奶记忆力肯定超常，讲故事的能力也不亚于刘兰芳。

三奶奶家与我家仅一墙之隔。她家院子南边有两棵大枣树，西墙边有一棵大杏树，据说都是三奶奶种下的。几十年了，杏树枝条逐年伸到我家这边来了，我总是等不及杏子熟透就偷偷爬上墙头去摘，有时让三奶奶看见，她会笑着说，快下来吧，别摔着了。要是让三爷爷碰上可就不得了了，他那大嗓门一声断喝，吓也会把人吓个魂不附体。

三奶奶的日子是清净雅致的。她因了一双“三寸金莲”而不用下地干活，也因了不曾生养而保持着窈窕身材。古人的审美观里，“三寸金莲”是性感的，杨柳体态，莲步轻移，实在是摇曳动人。三奶奶那双美艳的小脚肯定让三爷爷的无数个夜晚兴奋不已，只是，一个不曾生育的旧时代的女人，感受更多的，也许是他人的白眼和轻蔑。好在，她的丈夫并不嫌弃，他已经有了一双男儿，传宗接代的任务完成了，她生与不生，大可不必计较。三奶奶却是计较的，她经常向我母亲诉苦，偶尔还会怪罪到我奶奶身上来，说她结婚那天，我奶奶硬把别人的小宝宝塞进她怀里让她抱住，正因如此，她才没能生出自己的孩子——仿佛不可言传的暗示和宿命——结婚这天，别人的孩子到了新娘怀里，就注定新娘一辈子不会有自己的孩子。

三奶奶把两个继子养大，一个在济南工作，一个在村里种地。她在三爷爷的男权主义、继子们的忽视中度着日月，口碑没什么好，也没什么不好。她平淡的一生，与三间旧瓦屋相依相守。她看着她的枣树杏树长高变粗，慢慢变得与她一样苍老；她精心侍候病重的三爷爷，直到他安静地闭上眼睛。不记得是哪一年了，她因病逝去，像灶间飘出的一缕炊烟，轻飘飘飞往天际。没有人痛不欲生。我母亲偶尔提起她，也只是轻轻的一声叹息。

前几年，三奶奶家那两棵枣树被砍掉了，枣花的香气消失了。那棵杏树倒是还在，结的杏子却一年比一年少。其实也没有人在乎那些杏子了，又小又酸，没什么吃头。

老中医

据说，我们村早年有两棵很大的银杏树，十来里地开外，单冲这两棵银杏树，就能找到我们村。那两棵树不仅是尹桥村的地标，对于老中医李学经来说，其妙用简直数不胜数。每年深秋时节，金黄的银杏叶在飒飒寒风中飘落下来，老中医几乎一刻也不耽搁，把每一片叶子都捡回家去洗净、晾干，当宝贝存着。更不用说那些跌落于地的银杏果了，他会像捡拾元宝一样，快速地一一收入囊中。

不用担心，谁也不会跟他抢。他收集那些银杏叶、银杏果，都是用来为村里人治病的。比如，学僧爷爷常年哮喘，就拿老中医给他的银杏叶当茶喝；比如，我家二奶奶有那么一两年总是精神错乱似的，又哭又闹寻死觅活，搅得二爷爷跟着捶胸顿足心烦意乱。老中医给了二爷爷一些晒干的银杏叶，让他给二奶奶煎服。一段时间后，二奶奶渐渐平静下来，像个正常人一样了。真是神了。

对那两棵银杏树，我其实是没有记忆的。当我有记忆的时候，两棵硕大无朋的银杏树早就被“破四旧”破掉了，变成了传说。我记得的，是小时候老中医被母亲请到家里来，给父亲诊病。父亲经常胃痛，村里两个赤脚医生开的药不怎么对症，还得花钱，哪个有钱买药吃？还是请老中医实惠，不用花钱，管顿饭就行。老中医让我母亲到潴龙河东岸那个斜坡上采些艾叶来，晒干、研碎，加俩鸡蛋一块搅匀、炒熟，然后加水煮沸，让父亲喝下去——那些年母亲攒的鸡蛋，基本都是给父亲留着的，父亲什么时候胃痛了，俩鸡蛋就在我们嫉妒的目光中进了父亲的肚子。

论辈分，我应该叫老中医“爷爷”。我原本以为这个爷爷是没有老婆孩子的，因为他一直是一个人过。后来，在大人们的窃窃私语中，我知道他不但有老婆，也有儿子。他老婆早年死了，儿子在内蒙古阿拉善，很远，从没回来过。“他儿子为什么不回来看他？”我问父亲，父亲说小孩子家，别问七问八的。我又去问母亲，母亲说，因为他犯了错，很大的错，他儿子不肯原谅他……

到底是什么错呢？直到三十多年后我才知道，他犯的是生活作风方面的错误，正是因此，他在内蒙古建设兵团的工作丢掉了，被打发回原籍。儿子不肯原谅他，执意不跟他回山东，只身留在了阿拉善高原……

小时候的印象中，老中医总是穿着洁净的衣服，与村里人保持着一定距离。这种距离并没有让村里人反感，反而心生尊敬。对老中医来说，这种距离还像一句说明：尹桥村只是他的栖居之地，他的心绝不局限于此。

老中医的独身生活持续着。他给村里人看病是不收取任何费用的，主家招待一顿饭就好。久而久之，尽管村里人——包括村干部，都知道他犯过错误，而且是“桃色事件”，却从没见过什么人不搭理他、瞧不起他，他在尹桥村是受尊敬的。但是，可以想见，有文化、懂医术的学经爷爷在村子里，与一群农民在一起，找不到一个可以对话的人，该有多么孤独。生活的失意与惆怅，人生的孤独与苍凉，对一位老中医来说，有药可治吗？他默默承受着情感与灵魂的漂泊无依，以孑然一身的方式，对某段感情进行着保护，该是无奈之中唯一的选择吧。

学经爷爷之所以留存在我的记忆中，还有一个很重要的原因。我小学升初中那年，一向被老师忽视的我，竟然在我们村考了第一名。母亲高兴得合不拢嘴，在街上碰到老中医，忍不住把这个消息告诉了他。老中医对母亲说的一句话我至今没忘，他说，这闺女将来有大出息，你们要好好培养她——尽管我现如今已年过不惑，人生大局已定，且微小不足道，但毕竟，我是村里第一个高考得中的人。应该说，我之所以成为今天的我，与学经爷爷那句鼓励的话不无关系。在我对尹桥村的回忆中，在我有限的人生履历中，又怎么可能漏掉老中医这个人呢？

我读高中那一年，是哪一年来着？学经爷爷被他儿子接走了。他年逾古稀，生活自理能力显著下降，任凭再大的隔膜，也难以阻挡相承的血脉。不是吗？

这几年，我右手背面长了许多黑色斑点且呈凶猛扩张之势，很是影响美观。到中医院找名家门诊看了几次，吃了很多副中药，这种叫作“疣”的毒素仍在体内作祟。惆怅之余，幻想着怎么找到根治的办法，民间土方什么的，就想起了学经爷爷，如果他在，也许有巧妙之法可以帮我。

学经爷爷应该作古了吧。自从他走后，一直杳如黄鹤。他的尸骨埋在异乡了？他的魂灵可曾回来过？

夏日书：以蝉之名

小得盈满

我比年轻时更喜欢聆听一只蝉的鸣唱，它就藏匿在我家门口那棵高大国槐繁茂的树冠里，四面八方吹过来的风将它的歌声拿捏得忽东忽西，我不得不凑到窗前凝神谛听。哪一只蝉是从潴龙河边飞过来的呢，我曾捉住又放了它——它挣扎的、细小的、尖锐的腿刺扎痛了我的手指，出于本能，我即刻松手，刹那间它叫天子一般飞上天去……节气已过"小满"，物至于此，小得盈满，一个物候节气里，雨水丰盈，垄头麦籽粒饱满，诸事可心顺遂。若有若无的蝉音里，布谷鸟脆亮的叫声由远及近，"快快割麦、快快种谷"，仿若天使般让人心生欢喜。布谷鸟带来的，不单是贴心的督促，更是一份即将收获的期待之心和喜悦之情，我毫不怀疑望帝化鹃的故事（布谷鸟即是杜鹃的一种），望帝重农桑，心系农事，死而不已。

六月，大雨。隆隆雷声滚过。

花和叶兀自安静，耐烦的样子让人困惑。

苹果和山楂安安稳稳长大了。

《葡萄月令》一定是在某个秋月夜写作的，素朴的文字和着人心，童话一般美好。当此一刻，仿着汪曾祺老先生的口气，我以上面三行断句描述眼前情景，当属恰切。

说话间一场雨不紧不慢下了起来。我带上伞出去散步。雨中散步于我，是一种习惯。俗世纷扰的伤口，在雨丝自上而下的洗濯中，或可得以愈合。我等凡夫俗子往往局限于一己之我、瞬时之我，作茧自缚的心性倘若借助自然之力得以消解，童话即是寓言。

附近树林里常有野雉出没，它的叫声嘶哑粗糙，算不上动听。穿过树林，广阔田野郁郁葱葱展现于眼前，一股清香之气扑鼻而来——麦子正值乳熟期，对雨水的需求与对阳光的需求一样迫切，过不了多久，收获期就会到来。混凝土铺砌的乡村小路并不泥泞，但种田人从麦田里带出来的大块泥巴到处都是，我跳舞一般东躲西挪，雨鞋上还是沾满了黑褐色泥浆。这片区域属近山阶地，土质为淋溶褐土，耕性良好，适宜小麦、玉米等粮食作物以及芝麻、谷子等经济作物生长。“小满”之后即是“芒种”，鲁中地区玉米种植习惯于套作，一般结合小麦灌浆水进行，每隔五行小麦套一行玉米、再隔五行小麦套两行玉米，以此类推。套种的玉米被小麦压制着，身子骨长不起来，大部分高不过一拃。等到小麦收获以后，阳光普照，万物生长，如若再有一场透雨浇灌，玉米便会疯了般往高里、往粗里长，“咔吧、咔吧”拔节的声音经常使得打此路过的夜行人心惊肉跳，虚惊一场。

雨雾在麦田上方弥漫。湿漉漉的空气里，几只羊在黛溪河边吃草。

现在的野地委实不多了，人们一旦有了钱，就会在空地上、荒地上、山坡上，在犄角旮旯里盖房子，留给牛羊自由觅食的地儿越来越少了。我一向怕蛇怕鼠，甚至怕狗怕猫，唯独与牛羊亲近无碍。我知道食草动物没有吃人的心，在它们身上，或许仍然难以找回天真无邪的童趣，曾经有过的肌肤之亲的温暖却一直存留在它们与我之间。

泥地上的另一种爪迹或许是鹌鹑的，这些总是隐匿在麦田深处的神秘眷侣的倩影，偶尔也会走进人们的视线，肉滚滚的娇小体形与雏鸡十分相似，但上体红褐色和黑色相间的横纹、余皆草黄色矛状条纹的羽色与雏鸡单纯的白色、黑色或黄色有所不同，它们在夜间的鸣啭清晰如滴水一般，尤其给人以无限遐想。

清风徐徐，心意蹁跹。终于可以慢下来的生活节奏与牛羊同步，无息无虑的日子使得时间越发充实而悠长，令人心存慰藉。

深夜笔记

天，越来越热。雨水多起来。野草疯长。割草机的声音隔三岔五在窗外响起。稀薄的蝉声渐渐变得稠密。日本古老的写实小说《源氏物语》里面有位叫空蝉的女子，这名字诗意婆娑，令我每至林间，必仔细寻觅，或于树干上摘得一枚蝉衣，置于掌心反复观赏，嗅它微温的余香，想象自己如若也是一只蝉儿，那么，脱壳而去的那一刻，该是苦于命定的分离，还是喜于命运的突然转折？“蝉衣一袭余香在，睹物怀人亦可怜。”小说里的男主源氏公子在一张怀纸上写给空蝉的这两句，看上去十分优美。空蝉外貌并不触目，骄奢淫逸的源氏公子偏偏觉得她“全体姿态异常端严，比较起艳丽的轩端荻来，情趣深远，确有牵惹心目之处”。然而空蝉的性情里，玫瑰般带着刺，使得源氏公子寻欢之心终未得逞。爱情尚未开始，就已匆匆结束。我发现日本这个民族的性爱观念与我们迥乎不同，著名的天台寺住持濑户内寂听大师对信众坦言，婚姻的美妙之处在于婚外恋——爱，或者性。对于我们所看重的操守，他们不以为然，空蝉这样的女子，在作者紫式部笔下，也就注定是个荒凉角色。还有一些日本电影，镜头中频繁出现的蝉鸣，也许意味着日本人对雄蝉与雌蝉相爱方式的同情。关于蝉，它一生经历卵、幼虫和成虫三个时期，其中卵和幼虫阶段加起来需要七年时间，蜕变为成虫，也就是蝉，在人世间却只有短短两周寿命——雄蝉和雌蝉在树上交配后，雄蝉很快死去，雌蝉产卵之后也不再吃喝，死亡接踵而至……爱就爱、死就死，生如夏花绚烂、死如秋叶静美，这般爱情观和生命观与孤立一岛的日本人的宿命论十分地相似，充满悲悯意味。

夜色降临时的一页笔记，结束了一天的阅读。窗外蝉鸣依然热烈，它对爱的渴望永无止歇。笔记上写着清代女史郝秋岩的两句诗：苍苔匝地书连屋，门外炎凉总不知。这位才华横溢但命运悲苦的同乡女子，早岁失怙，于归后夫死子夭，人生之三大不幸集于一身，悲苦极处，与诗书相依为命。王忠修先生在《郝秋岩诗集校注》前言中，以“豁达的人生观、高尚的精神生活、独立而标高的识见、长于生命思考”四点，高度评价郝秋岩的精神世界。的确，郝秋岩从不自怨自艾，从不将命运归咎于文章事，恰恰相反，写诗作文既是照亮生命并点燃生命的光与火，也使得辛劳和痛苦得以减轻。道光三年，看过苏若兰的《璇玑图》后，郝秋岩怅然叹曰：“宛转离鸾曲，光芒吐凤才。效颦欲有作，谁为寄泉台？”从此永久搁笔。她那时的年纪与我现在大致相仿，而我此时，生命中阅读与书写的大好时机刚刚到来——该爱的爱过了，该恨的恨完了，该谋的稻粱尚有结余——我想说的是，人的境遇或许有所不同，但是那些大开大合、惊心动魄大多源于内心，终将归于平淡，生命中最该做的不是无休止地抱怨，而是有计划地作为。

开始读史怀哲。这位六十年前获得诺贝尔和平奖的绅士，集哲学、神学、医学博士于一身，在非洲荒蛮丛林义务行医，一待就是五十多年。他说，倘若欧洲人的幸福对非洲人的苦难无丝毫帮助，那幸福必然是有缺陷的。他认为每一个生命都有不可替代的价值，“一个人伤害到其他生命时，必须判断这是否基于生活的必需而不可避免。一个农人可以为了生活，在牧场上割一千棵草给他的牛吃，但在回家的路上，却不应该随意践踏任何一棵路旁的小花”。在我看来，史怀哲的得奖，不是因为思想深刻、著述丰富或者音乐方面的造诣，而是因为他为非洲民众所做的那些切切实实的援助工作。他一生都在帮助穷人。最终，他葬在了非洲的土地上。

深夜是一个人最清醒的时刻。作家李敬泽说：“文学作为一种抵达历史的想象方式和认知方式，具有特殊的力量。”那么好吧，我该为我终生从事的“三农”工作写点什么。一个人的写作很安静，不发出一点声音，它秘密的力量只在内部聚集。当然我也清楚，想要写出像样的文字，不只需要才情的辅助，更需要思想的驰援。鉴于此，我强迫自己大量阅读。六艺芳润，四德精华，阅读是让人变得睿智的有效路径。

夜色越来越深，深如古井。一只蝉在树上做梦，细密的灵魂叙述从暗夜走向黎明。天亮了，急迫的、求偶的呼唤再次热烈起来。它们在黑暗中蓄积三年、五年、七年、十年，甚至十七年的能量，就是为了光明世界上短暂的一场爱。爱，才是它们的信仰；爱，是它们向生命致敬和献辞的唯一方式。

欲言又止的悲伤

枯坐于室回忆旧事，一个青春年少的身影翩然若蝴蝶，那朵彼此懵懂不明的花朵在眼前反复闪烁。

回忆往事，这一生之苦
源于你的美以及
那一次回眸

时光不会倒流。曾经推心置腹的朋友一去不返，交流和问候全部搁浅。日月既久，一日三餐，饭食简洁，思想稠密；春天的花事、秋月夜、夏日暴雨、冬天里推门而来的一场雪，已经让我对人世满怀感激。至于生活真相，早已沦为无人理睬的倦怠用语。

一场雨后，院子里湿漉漉的，我蹲在樱桃树下看蚂蚁上树，旁边的花梗上隐居着一只蜗牛，它一动不动，不知是死是活。脚边砖缝里冒出苦丁、马齿苋、田旋花的身影，生存空间的挤压并不能完全消除生命的力量和勇气，倘若它们愿意直接与上帝解决灵魂问题，那么关于一只蜗牛的命运悲喜又何劳我费心劳力。时至今日，衰老的性情日趋柔软，我很想像刘亮程笔下那个名叫“刘二”的闲人，不关心春种秋收，只关心云来云往花开花谢，闲来无事追着一场一场的风，看风能刮多远，追一片树叶在西风中飘到千里万里又被东风刮回来，落向自家窗台……

6 月 21 日是夏至日，烈日当头，心静似古。我做了凉面，佐以椿芽嫩叶、黄瓜丝、芝麻盐。大多传统的节日，都附带着朴素的情感，久而久之成为念想，浪漫的农业文明的旧尘从节日里起身，成为欲言又止的悲伤。

灰烬是幸福的，如那宽阔而深远的乡村
野草的睡眠因恬谧而无比满足

诗人东荡子试图以诗歌消除人类精神中存在的黑暗，然而黑暗一直在那里，从未减少。“这里也曾有鄙视，但博爱的钟声迟早要敲响。这里有绝望，但慰藉的到来同样势不可当。”域外作家苏珊·桑塔格说的话，多像一个光明的结尾。

野地里的救赎

一场雨又一场雨落下来。下乡查看农作物受灾情况，处于旺长期的玉米、棉花、甜瓜全部浸泡在水中，减产已成定局。在魏桥镇疯李村大片被淹的棉田地头，一个叫魏进财的村民笑嘻嘻过来搭讪，“你们看看你们看看，棉花涝成这样指定绝产，不如现在就把农业保险赔偿金多少给咱一点儿，咱可好拔了棉花种土豆，说不定秋后还能有点收成，这一茬地也算没白种……”种田人的心思多么简单明了，我们的办事程序又是多么复杂延宕。我想试着对魏进财说一说理赔程序，想了想，觉得费劲，只嘱他先不着急把棉花拔掉，等等再说。

两周后，暴烈阳光耀得人睁不开眼的一天，我们再次下乡对那些受灾作物进行复查。就在疯李村魏进财那块棉田里，我们看到了什么？一片绿油油的小白菜。受灾的棉花早被拔掉了，魏进财改种了小白菜。“这个人！为什么不等复查后再做主张？”同事的抱怨让我生气。为了躲在镜子里的一点赔偿，丢掉实实在在的指靠而等待政策的狡辩，不是傻子吗。

魏进财最终没有得到农业保险赔偿金，因为没有复查结果。

“野地里，隐含着这个世界的救赎。”（梭罗）“大暑”过后，葱茏田野已是一副臃肿的孕妇模样。蝉歌依然在高处响着，它与整个夏天缱绻纠缠，像一对相互消磨又相互滋养的恋人。我不知道这样的日子还能持续多久，春秋待序，美好的事物终有尽时。从树林里到玉米地里，枝干上缀满蝉衣，如同少年记忆，前呼后拥奔至眼前。捡拾蝉衣卖给药店、换取一张电影票的人生经历或许是一笔财富，只是如今，很多人弃之如敝屣。就这样，蝉鸣稀落下来，刺刺啦啦的声音让我想起小时候我那个不知疲倦的哑巴二叔，他总是踩在一架生锈的老式水车上，不甚连贯的吱嘎之声就那样整日在潴龙河边响着。有一天，他心脏病发作，从水车上掉进河里，死了。

太阳落山后，月亮没有升起来。散步回来，我从网上找了一部电影《时间旅行者的妻子》，我看到克莱尔跃过树丛、跃过草坪、跃过从不停歇的时间长河，奔向自己从童年时期就深爱着的、可能随时会消失在眼前的那个叫亨利的男人，与他在金色霞光中紧紧拥抱……一部无聊的电影，在我看来却像一个哲学寓言：沙漏里一些时间的沙子，重新流了回来。

一个又一个夏天，阳光和雨落在地上。树蹲在地上，蝉站在树上，在潴龙河岸的浓荫里欢唱。此时我听到，蝉歌飞到了天上。

雪 夜

冬夜，一场大雪不期而至。凌晨四点，母亲悄悄起床，推开屋门时才发现，地上白晃晃好厚的雪呀。她悄悄退回屋内，捅开炉子，用毛巾擦擦手，开始和面包饺子。我昨天从学校回到家时，已是晚上七点多，天完全黑了。母亲嗔怪我为啥不早点往家赶，“一个大闺女家，一个人走夜路，多让人担心！”“我下午还得上课，只请了晚自习的假。明天还得赶早班车回校，不能耽误早自习。”母亲其实知道的，我不会无缘无故请假回家，那太影响学习了。如果不是为了回家取一样重要东西，这一晚上的假我也不会请的。

母亲很快包好了大约三十个水饺，水饺馅是昨天晚上就准备好的。她知道我在学校整年累月吃咸菜，肚子里一点油水也没有，每次回来，母亲都会为我改善伙食，解馋。

炉子里的火开始旺起来，锅里的水开了。水饺下锅后，母亲喊我起床。我洗脸、收拾书包的工夫，水饺正好出锅。“多吃点多吃点，吃了水饺热乎乎地赶路，也好抵御一下寒气。”母亲一边叮嘱，一边到门口看天。天还不亮，雪还在下。从我家到周村汽车站，五公里的路程。母亲想喊醒父亲，让他去送我。可是父亲鼾声正浓，怎么喊也不醒。

“算了，我自己走就行。”我有点生父亲的气。

“让你哥送你吧？”母亲小心翼翼地问我。

“不用！”

哥哥新婚不久，住在东边小北屋里，这么冷的天，谁不赖被窝。

“咱不稀罕用他们，我去送你！”母亲开始找围巾。

“不用送就是不用送！送什么送！不用你送！”

雪真厚啊，“吱嘎、吱嘎”，高一脚低一脚，这泥巴路，好难走啊。我必须在六点之前赶到车站，坐最早的那班车到临池镇，下车后还要步行三里山路，才能到校。

映着雪光，我看了看手表，时间应该还来得及。前面就是周村，马上就是柏油马路，会好走许多。我松了口气。

雪什么时候停了？竟然满天星光了。茫茫雪野，寂静无声，唯空气冷得凛冽——“凛冽”一词是从课本中刚刚学到的，原来是这般滋味。

“丁零零，丁零零”，身后有人骑着自行车，艰难地赶了上来。这么厚的雪，自行车可怎么骑。这个工人模样的人该是赶着上早班的吧。

“妮儿！妮儿！”忽然，我听到远处传来好像是母亲的声音。

没错，是母亲。看到有人赶上女儿，她不放心，于是……

母亲一直悄悄地、远远地跟在身后？

凛冽的空气中，一缕馨香漫上心头。

……

这么多年过去，我一直知道，母爱有时候就是梅花香，那馨香会在每一个下雪的日子里飘起。

母亲的花布

其实，母亲的箱底已经存了十几块花布，足够做六床被子的了。母亲拿出那些布来一一端详的时候，时光在她的眼里缓慢倒流：这一块黄底红菊的花布是那一年在周村大集上买的，那一块金黄丝绸被面是大姨瞒了儿媳偷偷送给她的，两块红杠白棉布只能做里子……抚过一块块花布的母亲的手，在那个冬天的下午，在她居住的西屋的阴冷中，不小心攥住了一丝感伤，是父亲去世的感伤——因为他的离世，才让母亲在小闺女的嫁妆问题上操心又为难。首先，嫁妆中少不了三铺三盖六床被子吧？她攒的这些布数量不少，但大多年月太久，花色已经过时，最好再买几块时兴的。床上其他用品，像床单啦、毛毯啦、枕头枕巾、针线笸箩（用瓷盆代替也可）、扫炕笤帚啦，都得买；还有棉袄棉裤、秋衣秋裤、洗脸盆、肥皂盒、暖水瓶、毛巾手绢啦、夜壶啦，等等，缺一不可。当然，最重要的是必须有一样“大件”——电视机或者洗衣机之类才够体面，不能让小闺女在婆家那边落寒碜。

母亲的小闺女就是我。

多年以后，在娘家的小院里，与嫂子闲聊时才知道，当年六十多岁的母亲，为了六床被面，一次又一次步行十几里路，到周村的大楼小店转了又转，最先确定了一红一绿两床绸缎被面——“红到头，绿到老”，取“白首偕老”之意。另外四床棉布被面却让母亲犯了难。母亲知道我偏爱素色，可结婚哪能太素？她看好的那些喜洋洋的花色又恐我不喜欢，真是犹豫不决费尽了心思。母亲还与哥哥吵了一架。她理直气壮地给哥哥下任务：那个“大件”由他负责！哥哥说，娘啊，咱得量力而行，没必要讲排场。母亲反驳道，你爹没了，你当哥的不大大方方给妹妹办嫁妆，谁办？妹妹嫁妆多，在婆家才硬气，庄邻乡亲也夸赞，不是你当哥的光彩吗？哪儿仅仅是讲排场的事？树活一张皮，人活一张脸，谁不要个面子……

我的没有文化的母亲心性不高，也没有洞察世俗的能力，一颗心却时时为世俗所累，凡事图个“好”字。我不记得母亲有过叹息和疲倦，她勤于养猪、种庄稼和丝瓜扁豆，勤于缝衣做饭、打扫庭院，她爱干净讲卫生，被庄稼人不齿的四个字“馋、懒、奸、滑”，母亲一个也不沾。她在村里最有名的是针线活，针脚细密匀称，绣花鞋做得精致无比。我和姐姐们小时候的花鞋子经常被人借了去穿着走亲戚，母亲乐得借给人家，证明她的“能”为人认可，她的“社会价值”似乎随之提高。

巧妇难为无米之炊。母亲的手艺有时候也无用武之地。想给儿女们做衣做裤，布料钱大多时候不凑手。每年一进入腊月，母亲便一遍遍催父亲“买布买布”，五个儿女眼巴巴盼着过年穿件新衣裳呢。父亲总是叹息“不当家不知柴米贵”，富人过年叫“过节”，穷人过年叫“过关”，到哪里淘换钱买那么多布？记得有一年，直到腊月二十四（周村逢四、九是大集），父亲仍未舍得给我和三姐买衣裤布料，母亲很生气。母亲的意思是，一年一年过来过去，能让闺女们穿上新衣裳，花蝴蝶般出现在大年初一的李家大街上，才算爹娘的本事，过日子过的是什么？不就是过年的喜兴吗？父亲说，有数的几个钱，得掰着指头花，非买不可的东西才能买，像核桃（我们这儿音“活头”，长寿的意思，大年夜最重要的供品之一），不买行吗？母亲气呼呼地说，你别叫苦连天，一年三百六十五天，我哪一天闲着来？我干这干那，就是为俺闺女挣衣裳钱！难道我挣不来两身衣裤钱？不管咋的，不买啥也行，就是不能不给俺闺女买布！关于父母这次吵架的记忆已不太明晰，只记得吵得很凶，父亲一个劲地说母亲不讲理，母亲一点也不示弱，她说我还就不讲理了，咋的？让闺女们穿破破烂烂棉裤棉袄过年就叫讲理吗？最终，腊月二十九那天，父亲从周村为我买的两块布是：一块红花的，做裤子；一块绿花的，做褂子。母亲一边埋怨着父亲不懂美，说红裤绿褂子不好看，应该反过来，绿裤红褂子就好看多了；一边喜滋滋地赶紧量体裁衣，连夜为我做好了这身来之不易的新衣裳。母亲发狠说，等我有了钱，碰上好看的布就买，叫俺闺女天天穿新衣裳。

想来，我的母亲是爱美的，尽管那美有些土气，也有些盲从。我和姐姐们或多或少都遗传了母亲这一点。大概小学二年级那年吧，班里的女生们忽然学城里人的样子，开始穿裙子了，而且一律是长长短短的黑色人造棉裙子，肥肥的，相互转圈比赛，看谁的裙子转得又大又圆。穿着花短裤的我很是羡慕，便跑回家去跟母亲讨要。想想那时家里多穷啊，但母亲二话没说，不知用什么办法说服了父亲，父亲到周村去了。做裙子的布料是买回来了，但我并不满意，因为那布料不是黑色人造棉，而是一块鸭蛋绿底子、嫩黄小鸭子图案的花棉布。这种布不如人造棉飘逸，转起圈来肯定不会又大又圆。我哭了，还赌气不吃饭。父亲说他转遍了百货大楼、供销商店，到处都买不到黑色人造棉。

三十年前的那条花裙子我至今保存着，偶尔会拿出来看一下。现在看上去那倒是一块很好看的花布，图案简洁美观，花色清新自然，父亲的眼光实在不算太差。

一位女子说过：温暖我们一生的，不是爱情，而是棉花。父亲母亲就是我们的棉花，用他们的全部身心温暖着我们，只要我们需要，这种生命中的温暖就会源源不断流淌在我们的心里。

我们居住的那个叫“尹桥”的小村，承载了我童年全部真实的快乐与似是而非的哀愁，大自然中的坚强力量——母亲的力量，一直佑护着我。打草、拾柴、烧火，一些简单的劳动，在我童年的生活中扮演着调味品的角色。当我陪着母亲到村东的潴龙河上洗衣服时，总也不明白，母亲为什么对着河水或者河滩上晾晒的床单、被面以及那五颜六色的衣服看个不够？母亲不回答我的疑问，我也就浅尝辄止，自顾自拿了树枝与河里的“水上漂”“担杖钩”、小鱼小虾们玩耍。从白云山上冲击下来的石头们，天长日久改变了原来的模样，奇奇怪怪的，也很好玩。洗衣归来的母亲，会在家门口站上一会儿，看看我们的院子。其实院子还是老样子，五间北屋、两间东屋、两间西屋都是土坯房；院子当央（方言，同“中央”）一棵泡桐树下，两只一号大瓮内腌制着的胡萝卜水萝卜，是一家人全年的就菜（方言，通常指咸菜）；东屋门前有一棵香椿、一棵枣树，北屋门前石榴花儿开得正艳；哥哥的两只兔子安详地躲在窝里嚼着菜叶；东墙边的辘轳井、西屋门前的石碾都原封不动地待在老地方，母亲是在看什么呢？母亲在想什么呢？

是的，精于女红、能够把孤苦和贫瘠缝制得了无痕迹的母亲，能够把俗气和单调缝制得如此美艳的母亲，一定是个心存浪漫的人，一定是个情感丰沛的人，也一定是个抗得住艰难生活的人！她的家她的儿女就是她的全部幸福，她的美丽从不哀愁。

母亲对村里的“文化人”特别倾慕，她遗憾父亲是个“大老粗”，老是说粗话骂脏字，让她觉得特别“没身份”。所以，她小女儿出类拔萃的学习成绩很为她挣了些面子，她因此而舒心、而快乐、而长寿。可我并不因此认为我就比母亲优秀。母亲是“放下扫帚拿起耙”的那种人，从不懒散，干活对她来说简直就是一种享受；我却只是喜欢看书写字侍花弄草，远没有母亲那么勤快。母亲还是个好脾气，我却是个坏脾气。当我成家后，动辄与丈夫争执不休，对母亲“温良恭俭让”之类的教诲不以为意，对母亲日胜一日的唠叨更是缺乏耐心。由此，我应该感激嫂子，她能对母亲的唠叨不温不火，与母亲和睦相处几十年，平心而论，我是做不到的。

二十世纪八十年代初，大城市开始步入丰富多彩而崇尚个性的年代。但在农村，大多数人的冬装仍然是厚棉袄外罩一件单层布衣。在外读高中的我，因为有一位“巧手”母亲，穿着打扮算得上时髦。一件薄薄的制服样式的红花小棉袄，照样让别人羡慕不已。是的，是母亲的能干让我们的童年、少年没有过多的寒酸，没有低人一等的自卑感。因而可以说，我们兄妹五人的成长过程都是健康的，充满了阳光。

而今，母亲的额角已有了细密的皱纹，这对于八十岁的人来说实在算不上什么，何况她仍然眉目清秀，仍然不辍劳作。每年“夏至”过后不几天，嫂子一准打来电话说，母亲让我把被褥收拾出来，一并带回家去，趁着河塘里雨水多，以便拆洗。母亲知道小闺女愚，针头线脑一类活实在不行，她“不得不”管。其实，母亲乐得管，我也乐得让母亲管。有篇文章说：天下母亲，莫不因给予而快乐。要让她高兴，不但要记得买些东西给她，更要时不时向她“索要”。因为，她要好好活着，她的孩子还需要她呢。

当我买了好看的花布送给母亲时，她一边埋怨我“乱花钱”，一边笑滋滋地收下，然后分门别类包在各个包袱里，装进她结婚时的那个木头箱子。间或，她会拿出那些花布反复查看、掂量：这一块留着给孙子结婚时做被子，那一块给外孙女做件棉袄正合适……甚至她外孙女的孩子的棉衣棉裤，她都抢着做好了让人送去。母亲这几年陆续为我预备了几床新被子，今年又给我做了一床 2 米宽、2.3 米长的大被子，用了十斤新棉絮。做好后才发现，被子实在太重了，又拆开来掏出些棉絮，重新缝好，让侄子送了来。她说人家现在都时兴睡大床，以后你小姑要是换了大床，没有大被子哪行？母亲还为自己做好了五件棉袄、六条棉裤，厚厚薄薄整整齐齐地放在一个大纸箱里。她说以后总有做不了活的那一天，免得到时候求人。

母亲老了。晒被子对她来说也已经不是件容易的事了，她再也不能轻松地将被子搭到院子里的铁丝上去了。每当我回去而又正赶上阳光灿烂的日子，我会记着帮母亲晒晒被子：铺的、盖的、压箱底的，全部拿到太阳底下去。铁丝上、绳子上、柴垛上，披红挂绿。这时候的母亲目光炯炯，仿佛年轻了十几岁，她看看这床，摸摸那床，将脸在被子上贴贴，用鼻子嗅一嗅。母亲说过，她最爱闻太阳味了，是啊，太阳味，一种最好闻的、不用花钱的、可大把大把随意抛洒的气体香水。她的无价，给无心的人造成了廉价的错觉；对另一些人来说，她又是那么昂贵那么遥不可及；对我的母亲来说，她可以信手拈来，却必须懂得心存感激。灿烂阳光下的母亲眯起了双眼，在花被的包裹中可是想到了自己贫穷的青春时光？眨眼之间，须几个人合盖一床被子的历史不见了，眼前这满目的、大多闲置在柜的花被子让她满足又若有所失。历史，在时光的隧道中倏忽消失，但历史是可以被轻易忘记的吗？

流年似水，似雾，似狐狸
轻轻地走过世界窗下
轻轻地告诉我们一些实事
又轻轻地走开

母亲是什么时候踏进慢腾腾的老年时光的？母亲艰难地从马扎上直起腰身的动作让我猛然惊醒：母亲确实老了。我必须经常回家，经常为爱整洁的母亲洗洗床单、被套、衣裤。至于内衣内裤，她坚决不让我替她洗，甚至急赤白脸地往回抢。——母亲啊，如果您的儿女是衣裳的话，您就是水呵！你说过，都是水干净了衣裳、衣裳弄脏了水，不是吗？谁让您老成了这样？岁月吗？因为哥哥姐姐和我一一来到世上，因为我们一天天长大所带给您的劳累，您的岁月才老了呵，能帮年老的您洗洗衣服，也是做儿女的幸福啊——已是不惑之年的我深深懂得，有母亲的人才是孩子，有母亲才是幸福的……

写到这里，我不由得微笑起来，我发现窗外冬天的阳光是那么灿烂，天空是那么蓝，像绸布一样漂亮。

还有几天就进入腊月了，我得赶紧去买几块花布，让母亲做件罩衣或者棉衣裤，穿着新衣裳过年的母亲，肯定会活得更加有滋有味。

那些电影

喜欢看电影，与大姐有关。大姐远嫁外地，每次回娘家来，都带着一肚子的电影故事。她在为我们讲述那些故事的过程中倾注了个人情感，我们对电影中一幕幕情节的认知，也就与大姐完全一致。

听大姐讲过，但至今也未看过的电影，记得的，有《小二黑结婚》，有《我们村里的年轻人》，还有《钗头凤》。大姐讲《钗头凤》的时候唏嘘不已，让我印象深刻。后来看了一本同名连环画，读高中时，语文课本古诗词部分就有陆游的《钗头凤》，从而进一步了解了陆游与唐婉的爱情悲剧。“城上斜阳画角哀，沈园非复旧池台。伤心桥下春波绿，曾是惊鸿照影来。”如今，这个凄婉的爱情故事，已淹没于时光的烟水之中八百年，而电影，用光和影的魅力将昔日情境重现。

小时候，每到周日，总要千方百计跟父母讨要五分钱，与小伙伴们跑到“旱码头”的电影院，买张学生票看场电影。那时候最不喜欢的是外国电影，因为看不懂。记得看《简·爱》时，并不知道“简·爱”是女主人公的名字，“简爱是什么意思？简单的爱吗？”匪夷所思地坐下，稀里糊涂地观看。听到罗切斯特撕心裂肺地呼喊“简——，简——”，我简直吓坏了，不明白这个男人是怎么了。现在想来，这就是声音的魅力吧。我因此记住了乔榛，记住了童自荣，他们的配音堪称经典。再次听到“简——，简——”那声声呼唤时，我们不由得爱上了罗切斯特这个原本并不可爱的男人。现在倒是特别爱看外国电影了，《西雅图不眠夜》在纽约的帝国大厦顶端闪闪烁烁；《云中漫步》让人渴望着一份世外桃源般的爱情；《魂断蓝桥》直叫人恨不能生于战火纷飞的年代……

电影的魅力确实是无穷的。看过一篇短文《露天电影》，那些怀旧的文字，跟随着《创业》《鸡毛信》《黄河少年》，轻轻地飘到眼前，散发出月光般雪白而淡青的光泽。

我的恋爱也与电影有关。他每次邀请我的理由都一样：看电影。去年 2 月 14 日，大雪纷飞。他问我喜欢什么，我说去看场电影吧。他犹豫着问：“电影院还放电影吗？”是啊，我们这个小城，电影业不景气，电影公司早已将电影院出租出去，做了商铺。到哪里看电影呢？

《廊桥遗梦》风靡时，我正患病在床。朋友特意借了一张碟拿到我家来陪我一起观看。但电视机屏幕上的《廊桥遗梦》怎能与电影院的效果相提并论呢？何况梅丽尔·斯特里普演绎的弗朗西斯卡是我不喜欢的，我更喜欢《东方快车恋曲》中的女主角——“相逢是偶然，分离也是偶然。曾经朗朗的青春的欢笑，如今是男人成熟面容上抹不去的忧伤，还有女人黯淡下来的一头金发”。我固执地认为，这头漂亮金发更能激起罗伯特·金凯的深深爱意，也让我坚信，她，才是弗朗西斯卡。

弗朗西斯卡的情感纠缠是我所能理解的。我与她一样逝去了青春，但情感尚未老去，正如岁月已老去，而那些电影却永远年轻。

一个院落

这时，我坐在午后的时光里想念一个地方。我以为是秋天里一场淋漓的雨，或是夏天里骤然而至的暴雨打湿了我的眼睛，当它们流进嘴里，是咸的；流进心里，是涩的。我开始明白，那是眼泪。我酝酿已久的回忆里，那个院落从襁褓那样小，慢慢慢慢长得像心的舞台那样大。两间土坯房，五间大瓦房，东西 25 米，南北 23 米，这样的农家院落比比皆是。即便院子里种满了树——两棵高大的梧桐遮蔽了六棵低矮的椿树，东南角猪舍墙外还有一棵枣树独自芬芳，我仍然不能说，哪棵树，哪根枝条上开出的花朵是我的。小学四年级，放了学，坐在院子里写作业，紫白色桐花拂过头顶，跳跃着落到地上，我伸手捡拾的时候，指尖瞬间沾满了有毒的白粉……此刻，联想那个院落与我的关系，觉得很迷惑，那是我家的院落吗？我的父亲母亲在此养育了七个孩子，有两个男婴夭折。后来，三个姐姐先后出嫁，父亲去世，再后来我也嫁了出去。乙丑牛年大年初三，哥哥也离开了人世——母亲经营了六十三年的最为亲密的世界顿然荒落，唯野草蓬勃旺盛，爆发着一种奇异的力量。当我看威尔·史密斯的电影《我是传奇》，看到纽约荒废的街道、诡异的黑夜，我就想，现如今我家那个空空如也的院落，就是这样的吧？

春去秋来，天色向晚，如今的我手持金币元宝绿蚁新酒，亲人却已走远。

我母亲十七岁嫁给我父亲的时候，父亲已被过继给大爷爷。大爷爷没有亲生子嗣，去世得也早，婚礼不得不由我爷爷亲自操办，但是一应花销都是大奶奶的，新房也在大奶奶这边，是三间西屋，东屋是做饭的地方，窗前有一个小门与我爷爷的院子相通——也就是说，我们家大门是在前院，是个很大的门，门前两座青石狮子，大马车进进出出一点也不费劲。我母亲进了这个大门，再经过那个小门，才能进入自家小院。我记事的时候，大奶奶早已去世，我们家也有了自己的大门，是那三间西屋隔出的一间，做了过道门，通往大街。东屋窗前那个小门用土坯垒成墙，堵住了。母亲在墙这边种了棵枣树。后来，东屋透风漏雨摇摇欲坠，被拆掉了，改建成了猪舍和茅房。我小学四年级那年，大姐已经出嫁，哥哥正为婚事烦恼，二姐不爱上学，三姐喜欢玩，只我一个人在家里写作业。院子里的时光很安静。梧桐树上开满了紫白色花朵，椿树的枝叶散发着清香。春天，已然来到。

一天夜里，一声号叫突然惊醒了我。院子里传来哥哥的哭闹声、父亲的叫骂声、母亲的哭泣声。哥哥对未婚妻不满意，喝醉了酒，哭着闹着要退婚，被父亲绑在树上打……哥哥订婚花了好多钱，退婚的话，一分钱也要不回来。我趴在窗口往外看，也哭了起来。我很同情哥哥，她很丑，哥哥退婚是有理由的，可是父亲不同意。此后，很多个这样的夜晚，哥哥一个人在院子里走来走去，不说话，也不睡觉，被父亲呵斥，就去踹那两棵桐树，哗啦啦叶子落下来。

秋天和冬天接踵而至，哥哥的婚事仍然僵持着。母亲的心事未了，日子照旧一天天过下去。每天早晨，当晨光刚刚流泻到西屋的门槛上，一定伴随着母亲的身影，舀水、洒扫、洗涮、炊烟升起——这也是我念想里故乡的早晨，薄雾缭绕，掺杂着轻轻的叹息。生活就像院子当央那盘石磨，又沉重又离不开。当晨光逐渐移落到石磨上，早饭做好了，母亲开始唤大家起床，这是很需要费一番口舌的，哄了这个劝那个，都赖在被窝里不愿起来。哥哥还在与父亲对峙，谁也不搭理谁。每天晚上，一个得了梦游症，一个抽旱烟袋上了瘾，晚上不睡，早晨不起。母亲无计可施，只知道一个劲做活。母亲做好早饭后，又去水井边洗衣服。我们家水井在东墙根那里，东墙那边就是三奶奶的院子。她家有一棵大杏树，每年麦子黄梢的时候，我就会想到"一枝红杏出墙来"这句诗，就盼望三奶奶的红杏"出墙"到我家这边来。那些年我吃的杏子大部分都是三奶奶这棵树上的，有三奶奶送过来的，也有我偷偷从树上摘的。

我读初一那年，哥哥结婚了——他在与父亲的战争中，最终败下阵来。作为补偿，父亲把两棵桐树卖了，又借了些钱，在院子东边仅余的一点空地上，给哥哥盖了两间砖瓦到顶的新房。那块空地上原本种着些花生什么的。这样一来，整个院落，除了七间北屋、三间西屋、柴房、猪舍等建筑物，就只有一棵枣树和六棵椿树了。夏天吃凉面，母亲从椿树上掐一些嫩叶放进去，很香；秋天腌豆豉咸菜，拿大把的香椿叶将黑豆裹住发酵，别有滋味。

升入高中后，我对异性有了感觉，放假在家的时候，常常一个人坐在寂寞的院子里，幻想爱情的模样。参加工作前夕，我整理了校园里的一些时光，在南墙根下，把一封一封的信件交给了火焰。这时候二姐三姐已出嫁，父亲已去世，母亲一个人站在北屋门口，默不作声。院子里的桐树和椿树都没有了，换成了一棵葡萄和一株石榴，即便母亲种的丝瓜扁豆开满了黄色的、紫色的花朵，还是感觉空荡荡的。乙丑年大年初三，哥哥遇车祸离世。我与母亲茕茕孑立，形影相吊，日子很漫长。我坐在院子里，偶尔写写春秋文章，陶醉于风花雪月，捧着各类奖励证书孤芳自赏，即便身后垃圾成堆，那也是身后事了，我已无力回天。这样自我安慰着，那个院落消失了，至少从我的生活中消失了。曾经的人来人往，层出不穷的故事，丰沛的情节，最终只在一院子狗尾巴草黄了又绿、绿了又黄的摇曳中徒留叹息。母亲倒是从不气馁，她时常唠唠叨叨“回家去，回家去”，唠叨得人心烦，就陪她回那个院子住几天。看到的是什么呢？一院子疯长的狗尾巴草，成群结队的野猫上蹿下跳，陈年的石榴干枯着挂在枝头……我枯涩的乡音来不及诉说什么，大雪小雪又是一年。

我挣扎过，试图用我的叙述维持它的原貌，也愿意把它写得欢声笑语花木葳蕤景色宜人，事实却是：三间大北屋坍塌了，也连累了另外的房子。按理说应该修缮的，可我觉得，花那个钱有必要吗？母亲年纪大了，常年跟着我们姐妹四个过日月，又有什么必要再在那个院落里大兴土木？

如此，那个院落，它自始至终只与母亲紧密相关，我只是一个过客，我充其量也不过是母亲这棵大树上的一条枝杈而已，我对它只是怀念，与我怀念过往中的某一段感情没什么分别。

火车驶往何处

我坐上火车。我又一次坐上火车。每一次，火车启动的刹那，时光隧道尽头，一丝光亮若隐若现，一些沾满尘土的记忆随之涌现。我不能擦拭。那是浮在大姐婚姻上的尘土，我无能为力。车轮滚动，“咣当咣当、咣当咣当”，愈演愈烈。这一过程一定暗存某种玄机。可惜，由过程到达的那个结果才是人们想看到的，并且人们早已习惯于用结果解释过程。人们说，大姐生活得挺好。但我知道，那不是真的。

大姐坐在火车上，她要去的那个地方在山里，叫石谷煤矿。她从此将永远生活在那个地方。她还不到二十岁。二十一岁的新郎官在那里等着她。我年轻的母亲搂着三岁的小女儿，眼睛看着大女儿，忧心忡忡。她们都是第一次坐火车吧？我不知道。我才三岁，我能记得什么呢？

我记事的时候，是住在大姐家与她做伴的。姐夫在几百里之外的桓台县做厨师，很少回家。大姐住着三间东屋的南头一间，北头那间住着她的鳏夫公公和两个小叔子，中间一间兼具卧室之外的一切功能。他们家只有这三间旧屋。院子里还有另外三户人家：北屋是她大伯哥嫂，男的腿瘸，女的眼瞎；南屋是排行老二的堂兄嫂；西屋是老四一家。院子里潮湿、逼仄，整日鸡飞狗跳，让人喘不过气来。不知什么时候，大嫂或者四嫂就会站在院子当央骂起来，跳着脚骂，地方口音浓重，声音尖利。她们骂的那些话是我不太懂的。大姐悄悄跟我说，四嫂是在骂大嫂眼睛瞎，肚子也瞎，只会生丫头不会生儿子。有时候她们也会骂到大姐头上来，骂大姐无能，连个闺女也生不出来，大姐只躲在屋里暗自垂泪。大姐太年轻了，完全不是她们的对手。她们总是趾高气扬胜利而去。她们太厉害了！我一直记得南屋里二嫂的好，她不厉害，没有骂过我的大姐。

回娘家对于大姐来说，是最愉快不过的事了。我们先是沿着铁道步行。那时候的铁轨是窄轨，叫作“米轨”，即一米宽。一块枕木与另一块枕木之间的距离，刚好够我蹦跳过去。铁道两旁是小水沟，里面常年生存着一些小虾米，水面上漂着一层煤灰，很脏的样子。但沟边上的花草照样生机勃勃。大姐哼着歌儿，我欢笑着蹦蹦跳跳……很快，“一分钟小站”查王站到了。大姐到售票口买上车票，牵着我的手专心等待火车的到来。来来往往的火车大多是货车，装满了煤炭，“咣当咣当、咣当咣当”，像旧电影中的情节。火车头上一缕又一缕的烟雾飘过来飘过去，相互撞击着纠缠在一起。客车进站后，我们必须以最快的速度上车，火车在此只停留一分钟。

姐夫每次回来都带着好吃的东西，让人欢喜。一些小小的快乐洋溢在小屋里。他六岁那年失去母亲，母亲咽气的时候，弟弟还趴在娘身上吃奶。他大哥腿是瘸的，两个弟弟还小，六岁的姐夫自然而然要帮着父亲拉扯着一家人度日月，日子的艰难可想而知。

我的大姐怎么就嫁了这么个人家？

我一直认为，大姐这一生的不如意，与父亲有直接关系——但愿父亲地下有知，不要计较他小女儿的出言不敬。父亲在周村染织厂工作，他的一位工友经常到我们家来。见大姐聪明伶俐，便悄悄与我父亲商量，要把大姐介绍给他好朋友的儿子。他说他好朋友在石谷煤矿有正式工作，儿子是高中毕业生，有文化，还许诺多下彩礼。彩礼越多越好，多多益善嘛。父亲答应了。男方到我们家来了一趟，带了很多东西，但看他弱不禁风的样子，母亲很忧虑。父亲大咧咧地说，人家给咱带了这么多好东西，有钱，定了吧……

我在石谷煤矿小学一年级开始了读书生涯。这时候，姐夫已辞去在桓台的工作，他们的儿子大壮也出生了。姐夫每天到煤矿东边的山上打石头，成了一名石匠。大姐白天忙种地，晚上忙家务。我放学后，总是看到姐夫的父亲在那里咳嗽不止，大壮在小摇车里大哭不止。我抱起大壮，躲到一边。姐夫的父亲老是对我翻白眼，嫌我吃他们家的饭，抢了他们家的粮食，我很怕他。其实我很是瞧不起他，我早已知道，他根本不是矿上的正式工，他还有肺结核，一种传染性很强的病。姐夫也不是高中生，他哪里有条件上高中！他们家穷得很。

大姐的心变得坚硬。北屋或者西屋里的女人再敢骂她，她就与她们对骂。大姐力气比她们大，不怕她们！她再也不用一个人躲进小屋偷偷地哭！可是，姐夫也跟她吵架，两人还经常打起来。大姐有时候会一下子背过气去。我吓坏了，以为大姐死了，哭着喊着扯打姐夫。他甩开我，去掐大姐的人中。我以为他又在打我大姐，马上追过去打他的头……大姐好不容易醒过来了，哭着抱起大壮，夺门而去，我在后面紧紧跟着。她要到哪里去？她身无分文。夜，正黑得吓人。

天蒙蒙亮的时候，我们走到周村地界，顺路搭了一辆牛车。母亲打开大门，惊讶地看着我们。大姐号啕大哭，我也大声哭起来。我太累了，从未走过这么远的路，实在是太委屈了……

大姐在娘家住下来。母亲找了我们村小学校长，让我跟着读一年级的课程。

姐夫与他两个弟弟先后来我家“赔罪”，希望大姐早点回去，说家里一大堆活等着呢，田里的草都长疯了。母亲坚决不允。父亲嫌母亲不解事理，“闺女是人家的人了，留在娘家算咋回事？”“都是你不长眼！把闺女送进火坑，吃苦受累不说，还让人家欺负，你不心疼我还心疼呢！”母亲激愤不已。婶子过来劝母亲说，两口子过日子，哪有勺子不碰锅沿的？你总不能养闺女一辈子吧？还是让闺女早点回去吧……

所有的痛苦、不如意，都会在忍耐中得到淡化。婚姻的结局，最终就是精神上的失望和生理上的剥夺。连西方的弗洛伊德都这样认为，我的大姐还能有什么指望呢？

大姐跟着姐夫回去了。我则继续留在我们村上小学。

我读高中时，大姐的女儿小印已经五岁了。她聪明伶俐，像当年的大姐，我特别喜欢她。节假日，我经常一个人坐火车去大姐家。火车车速仍然不快，慢节奏中，车内部的故事和外部的景观让人得以从容品咂。我一点一滴回忆少时看到、听到、想到的与大姐有关的一切，也许这一切其实根本不是那么回事。朦朦胧胧的时光改变了许多细节最初的模样。我不晓得大姐是否对自己花样年华的消逝心存遗憾，却知道她感情的荒野上，只有孤独和寂寞。火车厢内弥漫着劣质烟味，混杂着各种声音，暖水瓶总是空的。我干咳着推开车窗，想呼吸一点新鲜空气。春天了，平原上大片的小麦开始抽穗扬花，好闻的清香味道飘进来，心情变得轻松。车过山区，土丘上的野花时隐时现，让人又陷入彩色的沉默中。“人生的季节是不能颠倒的”，谁说的？

姐夫不到五十岁背就驼了。他更羸弱了。我偶尔会发现，大姐在偷偷抹眼泪。她在想什么？有关大姐，我难以启齿的一个问题是：她这一辈子得到过爱吗？她感情的支点在哪里？有些平民男人这样对待爱情：热爱与他相随一生的女人，让她吃饱穿暖少些风吹日晒——对平民女人来说，这就够了。可我那大字识不了几个的姐夫，似乎从没有过这样的念头。他只需要大姐对他无微不至的照顾，他不懂得大姐也需要温暖和爱……

“穷日子难过的是肚子，好日子难过的是心情。”如今，大姐年过半百，穷日子好日子都经历过了。作为一种少女情感缓慢记忆的留存，她保持着回娘家的频繁与欢快。她是我们的大姐，我们家所有大事都要她出谋划策，也需要她出钱出力。我和大姐从外貌到身材都很相似，不同的是，大姐走路姿势像父亲，上身微微前倾，步伐快疾；而我总是慢慢腾腾，更像散步。大姐偌大年纪仍然精力充沛，勤劳持家；而我总是很懒散，缺乏激情。大姐性格坚韧百折不挠，正直的品格如水，静静流淌在日常言行中；而我经历简单却多愁善感。

我坐上火车。我喜欢坐火车。这次是送女儿去北京新东方学英语，车窗外的夜静得像画在纸上的油画。动车车速极快，车厢内设施华丽。破旧的绿皮车厢、肮脏的地板、简陋的木凳、空空的暖水瓶、“咣当咣当”聒噪不止的声音远去了，不见了，它们曾经是大姐的生活背景，我用文字留了下来。但愿是我的文字夸大了大姐情感生活的干涩。在外人看来，大姐儿女双全，生活得挺好。大姐也希望外人如此认为，她是要强的人。可是我知道，那不是真的。

伤　痕

沙尘暴又来了。在花红柳绿的四月，总是沮丧地发现，沙尘暴越来越多地占据了春天的空间。它把桃花弄得肮脏不堪，在鲜嫩可口的椿芽里灌满了沙尘，它把犄角旮旯藏着的肮脏与丑陋大白于天下，它让人惊惧又无奈。

有一种记忆，原本再也不愿刻意提起。有一种记忆，即使再也不愿刻意想起，也不会随着时光流逝而永远忘记。四月五日是清明节，这个节气一年年提醒着我的记忆和疼痛，至今已整整二十年。不是不想忘却，只是忘却的过程极为缓慢。二十年后的今天，当我终于提起笔来写父亲的时候，泪水还是夺眶而出——不否认，现在的我与二十年前的我一样爱流泪。那时候，有人等在身旁替我拭泪，而此刻，我孤独地蜷缩一隅，悲伤紧紧缠住了我的心魂，没有人帮忙扯掉它的牵绊。

二十年前的一个晚上，本村的一个醉汉撞开了我家大门，闻讯出屋的父亲被狠狠打倒在地……当我的父亲发现对方其实是因为之前的一点小过节有备而来时，他大脑中的血液已经一点点渗出，他已经不能说话……父亲一直很健康。可是，就像一个外形光艳的苹果，刀尖轻轻一挑，发现内里已朽成了酱色——脑溢血让父亲永远离开了我们，没有一句留言。

二十年来，一直不想提起，太疼痛。也许今天仍然是个错。不仅因为父亲就那样去世了，父亲去世后很长一段时间的所遇，点点滴滴，都是疼痛。

当时我正在黄河北岸那个城市上学，当时我们班正争取“全勤月”优质奖。家里的电报发到学校时，班主任以为那也许是个谎言——有些学生编造种种理由请假——他把电报扣下了。两天后，“全勤月”活动结束。一位同学急急忙忙地跑来把电报塞到我手里。电报上简单的几个字让我惊惧不已。同学嗫嚅着说：别太着急，也许弄错了呢——我至今仍感激她，她的话让我心存侥幸。是啊，怎么会呢？不可能的。心里犹豫着，动作并没有丝毫犹豫。我急忙收拾行李。而这时，姐夫已赶到学校找我。家里人不明白我为什么不回去奔丧，他们等了我两天了。想必我的母亲还埋怨我不孝吧？

——我的班主任，那个年轻的老师兼校友，已经让我强行从记忆中删除，我甚至记不起他的长相了。他应该明白，一颗稚嫩的心也被他用刀割破过。就是他的自以为是，让我最终没能赶上父亲的葬礼，我至今不能想象父亲最后的模样。

接下来是更让我疼痛的诉讼。

——“食人族把我们都抓住圈起来，有的杀了，剥皮做鼓，有的杀了，烧火烤肉，你最适合养起来提取麝香。知道吗？你走过会留下一条气味的甬道，多黑我都能寻着味儿找到你。”

那位名叫周晓枫的女作家是否与我有过相类经历，她的语言为何这般鲜血淋漓？

刽子手最终安然无恙。他用关系网避开了牢狱之灾。

我心中站着的一些东西轰然倒塌。

我指责兄长懦弱无能，我用学生腔骂哭了他。他躺在地上号啕大哭，我对着母亲长跪不起……

为父亲上“五七坟”时，我们在坟边栽下一棵“摇钱树”。父亲什么时候需要钱了，摇一下坟旁的树，“钱”就会哗哗落下。所以，“摇钱树”只能是榆（余）树。父亲的摇钱树茁壮成长，年年有榆（余）钱。

两天前回娘家，母亲拿出榆钱窝头让我吃。榆钱是兄长从父亲的榆树上采的，为此还踩坏了父亲的坟。他急忙向父亲道歉，承诺清明节上坟时一定修好。他欣喜地对我和母亲说，父亲的榆树又粗又高，长得可旺了。我们这儿的习俗，除了出殡、三日坟、五七坟这三次，出了嫁的女子平时是不能去娘家墓地扫墓上坟的。我只能微笑着想象那棵榆树，欣慰着父亲应该不缺钱花了。

也许这就够了，这样也好。我不应该再琢磨事件过后我性格中残存的阴影，尽管阴影事实上已经影响了我的人生。

但是还有一件事。父亲刚去世的时候，一个大男孩在我身边留了些温暖。他陪我在黑暗中的黄河大堤上彻夜长坐。我的眼泪伴着黄河水悄无声息地流淌，他等在一旁替我拭泪。河滩上的风肆无忌惮，他用外衣包住我。夜空中有星光闪烁吗？不记得了。我彻夜坐在他腿上，一定压疼了他。他腿麻背酸，不堪重负。青涩的感情很软弱，容易变形，甚至面目全非。不久，他转身逃走，逃之夭夭。听说去了前女友那里。谁知道为什么呢？反正我的心又破了一次，血流满地。祈求、盟誓均于事无补。我像一条流浪狗一样，捂住千疮百孔地流着血的心，四顾茫然。

有意思的是，我女儿两岁那年，他忽然又找上门来。我宽容的丈夫接待了他。他们在客厅说话，我陪女儿在卧室睡觉。及至午夜，他方离去。他是怎么想的？我丈夫是怎么想的？他们不说，我也不问。

这次写作是突兀发生的，不是为了忘却的纪念，我不会忘却。

希望清明过后，沙尘暴尘埃落定，让我们的春天更像春天。我会在心情好的时候再回忆一下，也许会用好一点的文字写写我的父亲。

回忆夹竹桃
——以此纪念我的父亲

去年，我去重庆，途经武汉。很长一段公路两侧，密密麻麻挤满了夹竹桃。红的、黄的、白的花朵，在车窗外影影绰绰，看不清形状。父亲的影子同时在我脑海中一掠而过，只是一刹那，模样却十分清晰。想一想，父亲离开我已经二十三年。

现在，春天的阳光在家乡的大地上流淌。我偶尔望着窗外发呆，窗外的春天与我的大脑相似，懒洋洋白花花一片茫然。但我知道，终究会发生点什么。

夜里，又下雪了，是那种随心所欲想下就下而又下得漫不经心的雪。节气早已入了春，雪却一场接一场落下来，让人颇感意外。父亲对我说，妮儿，我饿了。我说，饿了呀？饿了咱就吃，想吃啥咱就买啥，咱有钱。父亲说，我想吃桃酥。于是我就出门去买桃酥。回来的路上，一条狗突然从草丛中蹿出来，扑向我手中的桃酥，我大叫着一下子醒了过来……

父亲出现在我的梦中，大部分时候发生在春天。想来与清明节有关吧。父亲是在提醒我别忘了他吗？

怎么会忘呢。身体中流淌着他的血，习性中深受他的影响，怎么会忘呢？当然也会记得清明节去看他。自从唯一的哥哥离世后，我就把这件事牢牢记在心上了。父亲不放心，因为我是女儿吗？

父亲当年特别盼望我是男孩，那样的话，他就有两个儿子了。童年的印象里，哥哥姐姐被父亲呼来唤去，我是不被他放在眼里的。也许对他而言，家里只是多了一张吃饭的嘴而已，一个小不点女童，有什么用呢？我那时依赖着大姐，担水、拾柴、看戏、看电影，她都不得不带着我。一天晚上，村里来了马戏团。一看又是老一套，大姐不想看了，带我回了家。奶奶在院子里乘凉，大姐与奶奶说着话，我在她身后转来转去。可是不知怎么回事，大姐突然发现我从她身后消失了，怎么也找不到了。很快，看戏的家人被大姐的哭声、奶奶的喊叫声召回。我的父母、哥姐、叔叔婶婶、堂兄堂姐一干人等，喊着叫着，找遍了犄角旮旯，都没有找到。大姐哭着说，她带我回到家也就刚刚一会儿的工夫，一个小孩子，应该跑不到哪儿去的呀？事情怪得不能再怪。关键时刻，父亲猛然醒悟过来，马上去了“李半仙”家。“李半仙”微闭双眼，口中念念有词：这闺女是泰安奶奶身边的账房先生，趁现在还没走远，赶紧找吧。

于是，在屋角竖着的一把扫帚后面，我被父亲抱了出来。

自此，父亲正儿八经地对我关注起来。“李半仙”还说，家里要有一点祛邪的东西，比如，可以栽棵夹竹桃什么的。侍花弄草本来就是父亲喜欢的，再多养一棵夹竹桃简直易如反掌。

就这样，我的童年在夹竹桃肥肥瘦瘦的花叶下慢慢度过。不几年，夹竹桃便高过了我的头顶。父亲先是把它从小土盆里挪到大陶罐里，又从大陶罐里移栽到一只大竹筐里。那些红硕的花朵在我少时的记忆里熟悉又陌生。粗枝大叶的父亲竟然对一棵夹竹桃如此爱护备至呵护有加，让渐渐长大的我很是费解——我并不记得发生在童年的离奇故事，家人对此一直讳莫如深，从未提及。

父亲去世的时候，我刚刚成年。他生前养的那些花花草草逐年萎缩，他最喜爱的海棠“玻璃翠”啦、“璎珞”啦、“撒金”啦，因其娇贵的缘故吧，最先死掉。两盆兰草倒是葳蕤了一些年头。那棵夹竹桃已经是又高又大，竹筐也盛不下了，于是被移栽到院子里。

有一年，我们一大家子人在院子里聊天，大姐笑着讲了我和夹竹桃的故事。我这才发觉，我们家的夹竹桃已经消失多年，是哪一年？问母亲，母亲说不记得了。

时间是河流，记忆是河流中闪亮的波光，而写作，是记忆的出口。在写下这些文字之前，上百度搜索“夹竹桃”，与之相关的词条多达五万条，其中一条是：夹竹桃原产伊朗，具有抗烟雾、抗灰尘、抗毒物和净化空气、保护环境的能力，其茎叶本身有剧毒；花语：深刻的友谊、咒骂、复仇……

此刻，在春夜的黑暗中，我的夹竹桃枝繁叶茂花团锦簇，在遥远的地方由父亲看护着。我其实很想对父亲说，不必为女儿如此费心劳力了，我自己已经可以照顾好自己，况且，即便夹竹桃零落成泥碾作尘又怎样，不是还有香如故吗？

金黄，金黄

黄昏时分，我从黄河以北就读的学校赶回家中，父亲推着自行车正要出门，手中拿着一把镰刀。

“回来了？”父亲平静如初，丝毫没有因为我是一个月才从学校回来一趟而面露惊喜。

我问父亲干啥去，他说：“上东坡，试镰。”“那你等等我，我也去。”我正在谈恋爱，心中总是乐滋滋的，对什么都满怀兴趣。

放下行李，与灶间做饭的母亲打了声招呼，推上墙角放着的一辆自行车，跟随父亲出了家门，身后母亲的嘱咐传来：“妮儿，早点回来，给你做好吃的。”

父亲已转弯进了李家胡同，胡同通向潴龙河上的那座窄桥，过了桥就是一望无际的麦田。

父亲说要去试镰，就是说，麦子要熟了，拿镰刀割割地头地尾，就知道麦子熟到了什么程度，以便确定割麦的时辰。“蚕老一时，麦熟一晌”，一阵风就能把麦子吹得透熟，麦收最不能拖延时间。

麦子就要熟了，田野上弥漫着麦子的清香。一丝风从麦穗间悄无声息地穿过，像婴儿的手抚过脸颊，轻柔、温存、香甜。我戴了一顶粉色太阳帽，头发在帽子里亦能感觉到风的抚摸。我干脆摘了帽子挂到车把上。视觉完全舒展开来，一片金黄跃然而出，是莫奈油画《草垛》中的那种黄，金灿灿的，仿佛从天上撒下来的金粒，璀璨、富贵、耀眼。怪不得我们的父亲天天跑来看啊看啊，脸上带着笑容，期盼的眼睛微眯着，一如微醺的男生目不转睛于心爱的恋人。

田埂上坑坑洼洼的，自行车不好骑。父亲显然比我熟悉路况，他在我前面拐来拐去，很快拐到我家麦地头上。他放好自行车，揽过一把麦子，嘴里嘟嘟囔囔说着什么。“能割吗，明天？”我问。“头午肯定不行，麦怕半夜雨，稻怕午时风，天好的话，就明儿下午动镰吧。”父亲怀中的麦秆还有些绿意，不似麦穗那般金黄。父亲顺势坐在地头上，从怀里掏出烟卷抽起来。他一向与我没有话说。我知道，他更喜欢儿子。他说过，与儿子田间地头地聊，才能找到感觉，才算有的放矢。我，一个女孩子，又整年累月在外面念书，不挣钱，光花钱，懂啥呀？有啥话好说？

我的感觉其实是一样的。我与他，真没什么可聊的。“我坐在微温的地上，陪伴粮食和水”，这是海子的诗句，此时浮上我的脑海，我能说给他听吗？他不骂我有病才怪。

是啊，我正坐在微温的地上，陪伴粮食和水。麦田深处传来一些声音，唧唧、叽叽、啾啾、嘎嘎，是斑鸠吧？也许是鹧鸪，还有蟋蟀，汇合而成天籁之音，响在黄昏的耳边。父亲肯定听得出来，但我并没有试图去问他。我与父亲难得坐在一起，彼此心里明白，我们脾性相斥，话不投机，能够坐在一起静静分辨麦田的声音和颜色，已属不易。假若时光能在那一刻定格，一定是幅温馨的画面。

这幅画面一去经年。父亲离开我已经二十三年。镰刀早被联合收割机取代，一家一户式粮仓也用不着了，麦子一收下来就被送到面粉厂代管。然而我说过，关于父亲，我也许会在心情好的时候写点什么，以便让他也与阳光、脊梁、厚爱、坚如磐石之类的词有所关联，最不济也要体现得像《背影》中的父亲对孩子那样关心、体贴、面面俱到。于是，在这个清明节下午，我想起了父亲，想起了麦子，也想起了海子的另一首诗："吃麦子长大的 / 在月亮下端着大碗 / 碗内的月亮 / 和麦子 / 一直没有声响……"那分明就是我与父亲坐在麦田旁的时光，时光中的父亲沉默、朴实，与麦子有着相似的品质。父亲心里想着的一定是一句农谚：地是黄金板，人勤地不懒；我呢，彼时、此时，能够想到的，仍然是海子的诗句："健康的麦地 / 健康的麦子 / 养我性命的麦子！"

顺着风的方向

风越吹越大。戴了帽子去郊外踏青。即便是郊外，也看不到大片的麦田了。稀稀拉拉的花红柳绿、莺莺燕燕点缀了春天，也的确是美的。可我还是怀念那一望无际、顺着风的方向起伏的绿色麦浪。今年春天下乡次数少，不知道小麦长什么样了，心里是挂念的。“月亮下 / 有十二只鸟 / 飞过麦田 / 有的衔起一颗麦粒 / 有的则随风起舞，矢口否认。”海子的诗句在他是诗，在我是惦念。

上周末回了趟老家，跟着大姐去墓地烧香。我家那些逝去的长辈们：爷爷奶奶、二爷爷二奶奶、三爷爷三奶奶、三叔三婶以及我父亲、五叔、七叔、八叔、九叔都在这里。墓地东临潴龙河，河岸上种满了杨树，新叶呈褐绿色，在风中轻轻摇摆。高低错落的坟茔间长满了各种各样的树，杨、桐、刺槐、毛桃等，大部分是野生的，芜杂得很。我父亲坟头的榆树却是粗壮挺拔的，这时节，青绿色榆钱儿正一嘟噜、一嘟噜散发着清香。忍不住抬了头去看、去嗅，父亲的音容笑貌从我脑海掠过，瞬间又消散在风里。这棵榆树是二十七年前我们亲手栽下的，长势如此喜人实在意料之外——二十七年，看吧，时间真是箭镞，尖利迅疾，过往的岁月早就无影无踪，一切的喧哗与争斗都在这里安静下来。想想祖上几代人，都善做生意，厚进薄出，积累了大笔财富、大批的田产和房产，包括济南、周村的门面和店铺，现如今一概灰飞烟灭——家族中至今没有人屑于思考人生与财富的关系，基因中生意人的习性一如既往，在我看来更应该重视的诗书礼仪仍然缺乏。

祭拜完毕，风更大了，纸灰在地上打着旋儿，又被吹起来，飘飞在墓地上空。我和大姐顺着风的方向爬上河堤。潴龙河以东原本全是粮田，一直绵延到淄博市南闫镇，曾经一望无际的麦浪是活生生的现实而不是梦，现如今，粮田全被人以“租”的名义圈走，金色麦浪被吊塔、混凝土、高耸的烟囱、纵横的柏油路取代。我和大姐站在河堤上望了又望，一棵麦子也没有看到。

从西到东，从南到北，故乡大致的样子还在。然而，我分明感觉到更多的东西、更多更多的事物都不在了。我和大姐沉默着从村北的墓地往回走，心里明白，这个把我们养大的村子一步步把我们抛弃了，想再跟她耳鬓厮磨、缠绵缱绻的念头，变得那么不现实。

挎着篮子走在前面的大姐，走路的姿势像极了父亲，她那短发被风吹着，枯兮兮、乱蓬蓬的样子，也像当年的父亲。我慢吞吞跟在后面，在春光明媚的惆怅里，想着梭罗的一句话：“那失去名字的远古的风，飒飒吹过我们的树林。”事实上，人心不古，刮过的风不再飒飒而响，而是挟有万钧之力呼啦啦吹过，无一遗落。顺着风的方向，我们走到了今天。

故乡即将来临的夜晚会是什么样子呢？河湾没有了，成群的蝌蚪、大片的蛙鸣没有了；河岸上的刺槐被砍掉了，日夜飘香的槐花找不到了；饲养院里懒洋洋的牛和马以及牛粪、马粪难闻的气味也没有了。谁都无法回到过去。今年不是去年的复制和粘贴。日甚一日的惶恐和忧虑使人憔悴。而憔悴的、腐朽的风物将被一阵风、又一阵风刮走，留下来的，只有沉甸甸的叹息。

暮色四合时分，我开车离开村庄。曾经美好的感情，譬如亲情、譬如爱情，像曾经风华绝代的美人，被风吹来吹去，只剩了累累白骨。

流　水

我们悲剧的起源，其实是我们自己。

——龚晓跃

既然出身于平民家庭，对自己的家族追根究底又有什么意思呢。祖辈们来路如何，过去是个什么样子，我并不关心。早年那些黑白影像留存下来的寥寥无几，记忆里若有若无的一点影子也被陈年尘烟遮蔽而呈现似是而非的面目，像铜镜里的曾祖母一样模糊不清。如果将之一五一十写下来，基本上不会多么令人愉快——并非我的笔刻意张开挑剔的尖角，而是风行水上，一切自然而然。

在村里，都知道我们家祖上善做生意，会过日子，有一大片的田产和房产，殷实得很。划分阶级成分那年，爷爷们事前得到消息，毫不犹豫地把大部分田产和房产半卖半送给了一户马姓人家，还见风使舵，找到村公所干部，执意要求进步，无偿送去一些“经费”，从而让我们家得到一个“中农”成分，相对顺利地度过了那个年代。我们村只有一户地主，就是那家姓马的。我还记得小时候马地主被戴上纸糊的高帽子游街示众的场面，大人们指指戳戳，小孩子们往他身上扔石头砖块，闹哄得紧。我那几位爷爷对于“斗地主”抱什么心态，是庆幸呢，还是同情呢，没有人知道。

回首四十多年的家族记忆，我为这方血脉总结了两大特点：重男轻女，重生意轻教育。几位爷爷文化程度都不高，除了二爷爷在周村经营丝绸生意，识文断字，算盘打得噼里啪啦响，可以勉强称为文化人外，其他人都远不够格。如果说我爷爷带着我父亲在济南开商铺，生意还算红火的话，那绝对是靠了他们的好记性和极强的心算能力，与文化素养毫无干系。我大姐小时候聪明伶俐，学习成绩出类拔萃，深得老师们喜爱，但爷爷作为一家之主，以“女子无才便是德”为由，断然终止了大姐的学业。如此目光短浅之当家人，能指望他读懂“精忠报社稷，孝悌治家园；立身德冠首，处事心术端”之类的家训吗？我们家男丁们学习成绩都不好，能拿到初中毕业证的也没几个。我和三姐升入高中后，父亲软硬兼施，极力劝导我们辍学回家挣钱。那是二十世纪八十年代，村里有家合线厂，工人每月工资二十元，很诱人。哥哥和二姐都在那里做工，哥哥还是车间主任，工资更高，家里并不缺钱。三姐后来也成了合线厂的熟练工，她每个月的工资负责供应我继续读书。父亲对她很满意，嫌我不听话。不过他好像并不死心。有一次，他瞒着母亲，偷偷赶到我所在的那所省重点高中，继续对我进行游说，还装出一副可怜相。月底我回家带干粮，把这事告诉了母亲，气得母亲跟他大吵一通，“我闺女的事不用你管！”母亲简直气疯了。“好！不用我管，这是你说的！以后别跟我要钱，没钱！”父亲说话明显底气不足，虚张声势罢了。

我高考那年爷爷病重。听说我被兰州石油学校录取，他坐在大门口石礅上，以难得的温和语气对我说，兰州那么远，你这一走，再回来恐怕就见不到我了……即便如此，他也没拿出一分钱奖励我。爷爷的老命又熬了半年，次年大年初六去世，我有幸参加了他的葬礼，哪怕他让小孙女流多少眼泪已不在意。

父亲和大叔、小叔都不长寿。两位突发脑溢血，一位突发心脏病，基本上没让家人花钱，也没让亲人病床前尽孝。我哥后来也开始做生意，但生意经远不如上辈人念得好，他的离世也不如他们干净利落，身后留了一大团烦恼给他的母亲和姐妹，让我想起来就恨他。他儿子读书一塌糊涂，做生意却极精明，对钱的感情十分深厚，至于亲情是个什么东西，他不明白，也不关心。祖上的基因在他身上延续下来。

我哥遇车祸去世前两年，堂叔家的小申哥自杀了，又一代人开始被岁月收割。曾经枝繁叶茂的一棵大树，现如今剩了残枝败叶苟延残喘。这方血脉越来越微弱了。

看看吧，想从祖上找点温暖记忆是多么不易。没错，他们都很会挣钱，可那些钱呢？像我小叔，与相片上那位漂亮的小婶婶离婚后再也没娶，又无子女需要拉扯，一身力气都用来挣钱、攒钱。千禧年来临之际，他在欢乐中突发脑溢血，人事不省，第二天就死了。他一辈子挣的那些钱应该非常之多，都去哪儿了？作为出了嫁的侄女，我没有资格过问，也懒得过问。一笔数目不小的钱财，不明不白随了流水，形迹全无，岂不怪哉？

哥哥是五年前殁的。其后，家里的房屋接二连三坍塌，我不愿意回去面对那种凄凉景象。再说，我的堂兄弟们除了谈钱就是对社会、对他人、对亲娘老子、对自家兄弟姐妹的满腹牢骚，我想与他们谈谈对孝道、幸福之类问题的看法，但没人对此感兴趣。他们让我更加孤独。我不想念他们，他们大概也不念着我。回去有什么意思？

不久前倒是因事回去过一次。我在干涸的潴龙河滩徘徊复徘徊，非常苦恼地思忆我的出处，茫然不知前路在何方。看过青岛大学一位李姓教授关于“风土”的论文，他认为一定地域的自然与人相互影响，互为条件，从而构成了风土。风土是特定区域文化的积累与沉淀，是人类生活习俗中与自然环境息息相关的最紧密、最稳定的部分。我自小在外读书，远离家人，大多时候没在那种人文环境中成长，幸耶？非耶？

我的心脏
是我的坟茔
我曾深情地躺在里面睡过懒觉
偶尔觉得一阵疼痛
那是过往的车辆
把我碾成了两截
……

——卧夫《我将死无葬身之地》

我年轻的时候是诗歌爱好者，我以为诗歌能给僵硬的心灵和残酷的青春带来柔情和温暖，像流水一样的柔情和温暖，等到我老了，忽然发现，诗歌其实是把刀，短促而锋利。

金色阳光

阳光在深冬的阳台上渐次铺开，色彩浓艳，暖意袭人。墙上那幅画更加明亮了，麦浪滚滚，俨然一片金色的海洋；君子兰宽厚的叶面承接着融融暖意，于是那绿愈发浓稠；米兰的枝头现出些微米粒来，她所有的心事原本都在米粒状的花蕊中藏着，而冬日阳光一再照耀着她，温暖着她，于是那清润那芬芳，随光的飘忽溢满阳台，飘向窗外……

每到周末，我喜欢来阳台上晒太阳，读书或写作累了，就侍弄一下花草，浇水、施肥、剪除枯枝败叶。窗台上放着一对陶瓷“老夫妻”，双双戴着眼镜对望，样子很恩爱。母亲说，看人家，都是文化人。母亲崇拜文化人。我看书的时候，她就坐在旁边看着我。我问她是不是去看看电视，或者，听听收音机？她一个劲摇头。你不闷得慌吗，我问她。不闷不闷，她忙不迭地回答。

自从把母亲接到我家来，除了上班以及实在无法推脱的饭局，我就愿意陪在母亲身边。母亲整天一个人待在家里，很孤单。每次我去上班，她都嘱咐我，开车慢点啊，然后目送我下楼。我久久听不到背后关门的声音，知道她一定在望着楼道出神。寂寞又将在我身后与她为伴。每当我下班回到家，母亲马上迎过来，问这问那，跟在我身后，看着我换衣服换拖鞋，看着我洗手做饭，在我身边转来转去，与我小时候在她身边转来转去一模一样。

几天前，母亲过生日。以她的年龄，完全有理由隆重和张扬，但我不习惯那种纷扰和吵闹，私下里并不希望家里来很多客人。此前一天，我下乡忙了一整天，晚上急急忙忙赶回家打扫卫生。我家房子不算小，整理、收拾、清除杂物，累得不行，心里委屈得流下泪来。如果哥哥还活着，用得着我来忙这一切吗？我并没有心思重温旧日场景，我也不是很悲伤，只是发现人世苍茫；我也不是感觉沉重，只是深知许许多多的无奈原本是一种真实的存在。我是如此容易忧国忧民的一个人，忧郁、焦虑、迷茫，既伤神又伤身，而母亲以耄耋之年，每天还在替我擦桌子、洗袜子，安详地度着日月，在欣慰的同时，我应该向母亲学习才是。

母亲的寿宴很顺利。这期间只是看到我姐姐躲到一边偷偷流了一会儿泪。她一定与我一样想起去年遇车祸身亡的哥哥。母亲想起过她那早早“走”了的儿子吗？我不敢问。我能做的，就是尽量保持平和的心态，耐心听母亲聊一些张三李四芝麻豆子的事儿，尽最大努力让母亲安享晚年。

青山青，绿水长。但人生不是，人生短暂。阳台上这片金色的阳光洒过来了，温暖，浓艳，就像母亲在我身边的日子，温和的诗意像鸟一样一触即飞，我知道。我也知道飞走的不仅是岁月，许多事往往一闪身便物是人非，由不得出现偏差再回头纠错，所以尽孝要趁早啊。

第二辑　花儿

皎皎白驹，在彼空谷。

——《诗经·白驹》

小　溪

小溪出身于书香门第，姐弟四人沐浴着文化的光辉，打磨出安静的性格和洁净的操守。

高一第二学期，我们做了同桌，两个人几乎形影不离。晚饭后例行的散步中，在我，是背诵英语单词的好机会；在她，是与一花一草亲近的好时光，一簇金黄的迎春花，一片“遥看草色近却无”的苔藓，都会跃然于她的诗中。清清淡淡的小溪，快乐地对着池塘中的鱼儿欢叫的小溪，让我觉得天地间那么柔和明净，没有一丝儿烟尘。

次年，她转学去了另一所更好的学校，两人的友谊开始在厚厚的书信中传递。我们经常互相提醒要以学习为重，其他爱好可暂时放一放，可那提醒又经常被忽视，《红楼梦》的话题、萧红的名字、满脑子的诗情画意，仍是信件的主要内容。

填报高考志愿时，小溪选择了工学院，她认为我国的工业还很落后，希望以微薄之力，踏踏实实地在工业战线上做点什么。最终，她如愿以偿。

大学毕业后，刚满二十岁的小溪随男友去了遥远的异地，在一家大型设备厂做文字翻译工作。男友最喜欢小溪“活泼而不张扬、温柔而不拘泥”的性格。走上社会后，他却忽视了她，整日想方设法寻求发财之道，以期男人的社会价值得以体现，这注定了他的不安分。

独在异乡的小溪默默回忆着大学里的往事，尽管回忆中的往事已变了模样。她说她还在写诗，只是那诗比水还淡；她说不明白自己为什么那么容易受伤，他的一次不告而别竟让她的心流血不止；她说一个朋友死了，一个朋友离了婚，她有些怀疑人生……

随信寄来的照片上，圆明园残壁断垣前的小溪是那样憔悴。我知道他们的爱情只剩了一堆瓦砾，清纯的小溪仍然手捧这堆瓦砾，义无反顾地步入了婚姻殿堂。我呆呆地看着一张大红请柬，上面分明写着：

但是春天要来了

我头也不回地走下去

无限的希冀从心中升起

……

你是我的阳光

杨绛对《围城》中孙柔嘉的评价是：受过高等教育，没什么特长，可也不笨；不是美人，可也不丑；没什么兴趣，却有自己的主张。我女儿叫妙然，小学三年级。除了尚未受过高等教育外，颇有些像孙柔嘉。

九年前的这个季节，女儿的出生曾经差一点让她父亲晕倒——在他的潜意识里，我们的孩子说什么也得如他盼望的那样，是个男孩，无奈世事总不尽如人意，无情的现实粉碎了他的梦想。与之相反，我从不认为我会养个臭小子，肚子里连胎儿影子都没有的时候，我就写了一首有关女儿的诗并得到女编辑张晓琴的赏识，将那首诗作发表于《山东文学》。但我还得假惺惺安慰孩子的爹：命中无儿莫强求，谁说女子不如男？

女孩儿是朵花，是花就会惹人爱，孩子的爹也不例外。女儿很快成了他的宠物，我反而不得不时时提醒他别把孩子宠坏了，因为我希望女儿梅兰竹菊般，脉脉无语暗香袭人。我特别不喜欢春风中类似樱花、杏花儿那种猎猎张扬的风格。

女儿还小，性情不稳，她给人的初步印象是“憨直”。去年教师节，作为学习委员的她到老师办公室交作业时，看到许多老师面前都有学生送的康乃馨，体育老师桌子上却空空如也。中午放学回来，她跟我说了这事，并跟我要了一元钱，她要给那位老师买鲜花，“一枝鲜花也收不到，她该多难过呀”。一次，她们班一位调皮男生被老师体罚了一下，女儿针对此事，矛头对准那位老师，在日记上提出强烈抗议。当我看到那篇日记时，她老师早已批阅过了，但愿老师能理解童言无忌。其实一个人正直、善良、富有同情心的一面，正是我所倡导的。人的一生中，良好的品格是人性的最高表现，而美好的理想、为人的原则、对这个世界的真诚组成了我们的整个精神，是不能够随意抛弃的。

女儿目前的学习成绩以及其他表现还算优秀，但我并不因此认为自己就算得上是个优秀的母亲。在教育孩子的问题上，我简单粗暴，缺乏涵养。自我反省时，总是沮丧地发现失败的次数越来越多，因而总处在反省之中。

我想，我得拿出十二分的耐心做对一次。

去年春天，女儿的钢琴课上得一塌糊涂，课后练习也不积极不认真，还动不动给我点“颜色”看看，一首舒缓优美的爱尔兰民歌《多年以前》，被她弹成了声嘶力竭的摇滚。我气得火冒三丈，但我咬牙保持沉默。那段时间，我正忙着在实验室反复做玉米发芽实验，选了一个星期天，我问她愿不愿意去看看我的实验，她雀跃着跟我来到实验室。我从光照培养箱中拿出一个个发芽盒，摆到实验台上逐一打开盖。她好奇地问这问那，我轻声细语又似乎漫不经心地给她讲了四点：第一，温室中的幼苗特别脆弱易折，它受到了特殊呵护，反而失掉了依靠自身生长的力量，这样的幼苗一旦放到室外，是经不住风吹日晒的。所以，人应该学会坚强，不要太娇气，不要太依赖他人。第二，得不到自然光照的玉米苗是不可能有结果的，人也一样。知识好比人的阳光，没有足够的阳光，人会变得畸形，终将一事无成。第三，你看，这株幼苗周身都是黑黑的霉毛，这说明它感染了病菌，要及时清理掉，否则，霉菌会迅速蔓延开来，直到将幼苗“吃”掉，使其夭折。人身上的缺点就像这霉菌，一经发现必须赶紧改正，否则，一生的幸福也许因此葬送。第四，做事不必太计较荣辱得失，凡事得有自己的主见。幼苗每天都需要开盖换气，周六周日也不例外，这是妈妈必须做的应该做的，不能因为没有加班费或其他补偿，就让严谨的实验停滞，学习亦如此，取得成绩、获取荣誉只是一种结果，而踏踏实实地做才是通往这个结果的必经之路，是最重要的，不能把顺序颠倒过来。

她能理解这些吗？我不知道，我更在乎的是自己对女儿的宽容。

在一次联欢会上，我愉快地陪着妙然唱了一首歌《你是我的阳光》，“你是我的阳光，我唯一的阳光。当天空灰暗的时候，你使我感到幸福。你永远不会知道，我有多么爱你……”

我爱我的女儿。我们软硬兼施对待孩子，希望他们出类拔萃卓尔不群，不能说有什么不妥，不能说我们就是把自己生活中的遗憾转嫁给了孩子，恰恰相反，一个负责任的家长不会同意“千万别管孩子”这一说。庸常日子里，我们或许同他人一样，百无聊赖而满脑子幻想，满心不甘而不知所措，一再被社会排斥终不肯与习俗同流合污，为什么？因为我们对未来满怀憧憬。我们把自己的生活感悟、人生经验传授给孩子，教孩子不但要向上更要向善；我们给孩子讲肖邦、贝多芬，讲泰戈尔、托尔斯泰，讲凡·高的向日葵、毕加索的鸽子；我们教育孩子要刚毅坚定、宽容大度，要善于同情而不是懦弱、冷漠；我们因自己保有感受美和善待美的情怀，保有对美的欣赏、战栗和崇拜而希望孩子辩证地看待金钱和权力，为什么？目的只有一个，就是希望我们孩子身上的潜质能得到自由的、充分的挖掘，不给人生留下遗憾。

当然，一个不完美的世界注定造就不出完美之人，但是——

只要有水

只要庄稼和喉咙得到浇灌

扁担在肩就是一首颤悠悠的民谣

妙然，我的女儿，无论世事如何变迁，无论你将来怎样，你永远都是我的阳光。

小　巧

梭罗在瓦尔登湖边造了一所木屋，打柴捕鱼，种瓜种豆，过着自耕自食简单安宁的生活。一只兔子，一只鹧鸪，一个人，慢慢地被自然浸染融化而为自然的一分子，与时光一起，在四季轮回中漫步。

我偶尔也会为自己设计一下如此这般的生活方式。当然，只是设想，我还得过眼前的日子。或者说，是生计迫着我在原来的轨道上走，一切原也由不得我。最多是把步子放慢，安然于闲散的生活、缓慢的节奏，暗暗希望这样从容不迫一辈子。我不认为这是老之将至的前兆，也并不意味着我就懒，尽管我也不太勤快。我每天早起为孩子准备早餐，她去上学，我去跑步。晚饭后她做作业，我去散步。循环往复，周而复始，我不厌倦。我喜欢生活中有更多的留白，留白的空间中有漫无边际的思绪：一些回忆，一些惆怅，一些憧憬；或者，什么都没有。

小巧，我家邻居，也是我小学、初一、初二的同班同学，打小没娘。初三那年，我考取了镇上的重点班，她辍了学。后来，她快快地嫁了人，快快地生了女儿，又生了儿子。今年大年初二回娘家，我想去找她玩。

母亲说，小巧现在可见老了，她见了你要是夸你年轻，你就说她比你还年轻，要不然，她就会哭她从小没娘，就会嫌她爹从小没养好她。

我去找了小巧，她果然有些老。但她并未夸我年轻。她还是快言快语的性格。她说她女儿读高中了，考上大学就念，考不上就回家种地，找个有钱人家嫁过去，不耽误过日子，现在很多大学生毕了业还不是找不到工作？耽误挣钱不说，还耽误找婆家。

小巧有着农村妇女大咧咧的性格，稻草样干枯的头发随着她粗声大气的说话声东倒西歪。一件卡其布旧上衣佐证着她生活的窘迫——谁不在回娘家的时候刻意穿得好一点呢，何况还是过年期间。

我微笑着听小巧说话，心里慢慢觉出了累。

小巧自小缺了母爱，还缺了什么？她急急忙忙为自己、为女儿的人生做了打算，把“人生”这幅画布涂得满满当当，就一定好看吗？

初二那天是“雨水”，然后是“惊蛰”“春分”。现在，“清明”已过，小巧一定忙于稼穑，忙着过日子吧。相比之下，我的二十四节气像流水一样缓慢流淌，我甚至希望它流得慢些、再慢些。在小巧眼里，我一定是拖沓懒散的。

可是小巧，你有没有意识到，倏忽间，我们在烈日下拾麦、蝉噪中割草，我们在操场上吵架、放学路上唱歌，我们一场接一场去看同一部露天电影，多年以前某个秋日午后，一个男孩托我转交给你的那封情书引起的你的惊慌……仿佛就在昨天，可是如今你我华发已生，我几乎忍不住就要落泪——你我小姑娘的岁月，说不见就不见了，你依旧匆匆忙忙，你让我着急又伤感。

“时光如白驹过隙”，这句话多么形象。常常地，我也会忘了这句话。小巧也许根本不知道有这句话。初二那天我和她站在娘家的胡同口，各想各的心事。那一刻我和小巧的又一段时光悄然溜走了，可我们当时谁都没有感觉到。

若　水

张平兄给文友若水写了一幅字：静水流深。以我对若水的了解，觉得这四个字与若水实在很契合。

2007 年冬，我与若水相识。十年来，文字自然是两人友情的正确打开方式，除此，好感引发关切，每遇其他，彼此或惺惺相惜，或相互鼓励，都将对方视为为自己找到的亲戚。

去年秋天，我请几个朋友在桃园吃饭，不善言亦不善酒的若水，安安静静坐在我们几个人中间，听任我们推杯换盏胡吹海聊。直至夜深，她丈夫骑着摩托车找到桃园来把她接走。我暗自后悔，不该闹到这么晚，要是早点结束，各自早点回家就好了。第二天上班后，我正犹豫着要不要给若水打个电话问候一声，她恰好把电话打了过来，向我表示歉意的同时，一再解释她丈夫是因为她手机关机，联络不通，实在不放心才找到桃园去的，而她关掉手机的原因是怕正在兴头上的我们被她的手机铃声打扰……

千人万人中，一人两人知。在人群之中，我并不情愿让人了解我对文字的热爱，许多人眼里那或许是一种生命虚情。我也不认为文学是多么高雅的事情，充其量只是一个无伤大雅的爱好罢了。而在同好者中，把酒话桑麻，煮酒论英雄，快意恩仇简单明快，甚合我性格。与若水相识于新浪博客，源于对文学的热爱，我们一起参加作协会、诗歌朗诵会，一起听文化学者王红先生的讲座，很是投缘。在公众场合，若水很少说话，总是默默坐在一隅，聆听他人高谈阔论，间或插个一言半语。她像山间一株雏菊，质朴、自由而真实，她像植物的根，孜孜汲取他人之长，而她的茎、蔓、叶不病不歪自然天成。

若水博客里的图片，我保存了一些。我喜欢镜头下那棵刚刚发芽的小草，那柔弱的身影惹人怜爱；还有那朵含苞的玉兰，藏着一些心事，期待着温暖春风；以及，雨来了叶落了那满地的忧伤……

若水将自己的文字作了分类：心情驿站、人生感悟、岁月珍藏等，无论在哪一部分，我们都能发现她青春的影子，在岁月的风尘里，清澈依然。我们还能感觉到回望故土时，若水对故乡深深地眷恋。她说过，一个人无论身在何方，离童年的村庄多么遥远，只要母亲的目光在此等候，那村庄必将永远是她灵魂的故乡。

弗吉尼亚·伍尔芙有个著名的言论，“女性想要写作，需要一间自己的房间和五百镑年薪”。这两样东西于若水而言，都差强人意，但她正试图从事另一种写作，一种有难度的写作——透过“真人真事”，透过“真情实感”，让读者感受到建构在“真实”基础上的语言的有穿透力的写作。她读阎连科的《受活》，读孙惠芬的《生死十日谈》，读周大新的《安魂》，不同作家在语言修辞上的葳蕤多彩，已令她向往多年。

世上有多少风物，俯仰之间已为陈迹。“但如果我的作品能含有哪怕一丁点儿真正的艺术，它们就会永恒地活在人间。”（张炜语）信仰能使贫贱者变得高贵，让卑微者获得尊严，写作亦然。以此与若水共勉。

乡土之美

——范廷伟散文印象

在回忆中写作并快乐着，在写作中回忆并感动着，范廷伟的文字里满是回忆的味道。我很好奇，这个高大魁梧的年轻人头脑里，怎么收藏了那么多的乡村故事和乡村情怀？小锤子、二奶奶、荷花、捣实、小芹以及乡村“四不像”人物之老乐、老快、老牛、老贾，近似平铺直叙的人物描摹方式，让人觉得自己好像正“躺在暖暖的被窝中，听在炕上丝丝缕缕地缝补着一家老小的家计和生活的母亲们讲那些童趣味十足的民间少儿歌谣、讲那些口耳相承的古老民间传说、讲那些绵绵不断地扯着自己的日子和心事”，多么惬意。范廷伟笔下的乡村人物系列，是我最喜欢的部分。因为那些“人物”也曾生活在我的记忆中，是我逝去的童年岁月里极其鲜活的形象代表。我固执地珍爱这些形象，只是笔力不逮，无法诉诸读者，只能深埋心中。范廷伟却能够借助儿时的人、旧时的物、意念中的陈年旧事，用写作的方式，来完成他自己心目中对童年往事的追忆。

说他在回忆中写作也许不是十分恰当。他另有一些文字，沿着历史长长的河，迈着苍凉的步伐，跋山涉水，停驻在读者面前。比如《忧乐天下范仲淹》中先忧后乐的一代名相范仲淹，比如《千载伏生流芳韵》中的先儒圣贤伏生，比如绿树葱茂、曲径通幽的《禅林胜景唐李庵》，一篇篇牵引着我们跨越时空，阅读千年梁邹，饱吮小城历史文化之馥郁芬芳。这些，不是回忆，也不是写作，而是文化面膜，让我们耳聪目明，内有养、外有济。

许多作者，从一篇文字抵达读者伊始，即意味着他（她）已轻松离开自己笔下关于那些故事、那些回忆的所有记忆。范廷伟肯定不是。他还在一步三回头地流连，反复咀嚼字里行间蕴藏的“所以然”。他是家乡的一分子，这片大地承袭的种种传说与荣耀便是他的传说与荣耀，故乡风物与文脉的薪火相传，是他义不容辞的使命。

范廷伟周围有很多同好。他看他们的作品，写自己的感想。他与他们一样，认为唯书有香，唯书有华；认为“文学是一种让人变得高雅、变得充实、变得聪明、变得有情趣的精神劳作”。他写男娲、写孙桂芹，这是我们小城有名的两位作家；他以《清姿雅韵写纯真》为题，写同学兼同好王慧玲；以《春风柔情三月天》为题，写若水的纯净、纯真、纯正……都说文人相轻，事实并不尽然。

对有些人来说，写作是生命中不可或缺的内容。一只年代久远的咸菜缸，即便早已被时代扔到角落，范廷伟也没有忘怀。他更擅长、更乐于俯身捡拾关乎乡村记忆的点点滴滴，下笔如有神助，快速地把那些“点”那些“滴”重新构架完整，丰富之，璀璨之，使其完全能够承载起家乡的梦想，使其获得另一种永生和不朽。正如他本人所言，他喜欢用多情的笔墨描绘美丽的乡村岁月，喜欢让多情的文字在可爱的故乡花枝上轻歌曼舞。是的，范廷伟的文字掺杂了泥土和青春的味道，它们在某一时刻同时醒来，浓郁的乡情乡韵在读者周围氤氲弥漫，令人陶醉。

光明的少年　手持拜年的萤火
让全部的光芒渗入泥土
腰缠的红绸
在土地上摇摆成灿烂的农谚
……

诗中那光明的少年，就是范廷伟们吧？

早年的一盘土炕、两只名叫赛虎赛豹的狗、树上的蝉声水里的蛙声，看瓜园、赶年集、放鞭炮……范廷伟用他“有力而悠长的吟唱，引领着昔日乡村最朴素、最悠闲、最抒情、最纯净的交响乐”。同居一城的我，有幸坐在前排，悠然欣赏着这一曲曲天籁之音。

唯有香如故

想起她，我的心沉重得像要坠下来。

她叫王小溪，是我中学时代最好的朋友。那时候我们都是夜夜有梦的少女，因了这梦，我们对文学情有独钟。她灵性十足，美文泉涌般汩汩而出。这不是想学就能学得来的，这是天性。

大学三年级的时候，她恋爱了。几年后，那位背着画夹的白面书生，用手中的画笔和琼瑶式男主角惯用的方式，把一个小姑娘变成了他的新娘。新娘的感觉我无从知晓，因为那段时间她远在济宁、西安、济南等地辗转，直到几年后我偶然在“焦点访谈”看到了她丈夫。白面书生如今已变得粗犷有力，遗憾的是，他是一本反面教材。我震惊无比，难以相信这个轰动全国的事件是他的杰作。之余，我急切地想要知道小溪的情况，却是徒劳。

一个秋雨霏霏的下午，她突然出现在我面前。

平静的小溪谈到女作家萧红，谈到《呼兰河传》和北方的火烧云；谈到萧红和萧军以悲剧为引子的相逢相遇，以喜剧为高潮的相知相爱，最终，他们自己伤害了自己……三十岁的小溪仍然剪着齐眉短发，让我想起中学时代我们校园附近的那条小河，自然天成，波澜不惊。对自己的婚姻，她谈得很少，只是说他变得固执、任性，成功的欲望特别强烈，为此可以不顾一切，甚至妻子的忠告。而她，只想过平常人的日子。志不同，自然道不合。此时再回忆大学时的情感经历，会发现自己对她的美化，其实并不一定那么美好，美好只是一种愿望。小溪不是轻易否定过去的人，这一刻我却发现，她那双饱含忧郁的眸子却越来越沉重了。

天快要黑下来了，小溪与我挥手告别。我站在雨中，望着她远去的背影发呆。半枯萎的黄色叶片摇曳着慢慢落到地上，雨，一阵紧似一阵。我为她担忧。她辞掉了原来的工作，离开了那个伤心的地方，那么以后，她靠什么生活呢?

后来，小溪清清淡淡的气息偶尔飘来，又无形消失，像细微的蝉声在树叶间梭巡。

我不想打扰她。我知道她更希望默默地做事，静静地想自己的心事。

再后来，听说她在打零工，以维持生计。

就婚姻而言，一个女人，并非只和那一个男人才会深深相爱，也许因为她正好碰上了那个男人，从而堵塞了与别人相爱的通道。事实上，也许会有另外一个男人更适合她，更能吸引她，会有更美好的爱情在等着她。

不知道小溪怎么想。

又一个春天来了。面对桃花悠游飘落，我心宁静。生活不是克莱德曼的钢琴曲《You are my world》(你是我的唯一)，春风几度，我相信小溪会再一次拥有美丽，拥有爱情。

我袖手远立，听凭落花之遗香在心中漫漫升腾。

生命的芬芳

我听到传来的谁的声音，
像那梦里呜咽的小河；
我看到远去的谁的步伐，
遮住告别时的哀伤眼神。

秋夜漫长。

我终于擦干了眼泪，坐到书桌前，桂芹姐，我要为你写几个字，除此我还能为你做什么呢？没想到你那么快就“走”了，没能在最后时刻与你告别，我为此追悔莫及。

今天下午，青山君打来电话说你走了，我好像没有弄懂他的意思，“哦”了一声便挂了电话。一下子又紧张起来：你，“走”了？

你真的“走”了吗？

我茫然无措，我需要发泄。我四处打电话找王红老师，我要找到王红老师，他是我们的前辈，他高风亮节诲人不倦，他爱护着你，他一直爱护着我们这些文学作者，我想在他面前哭一场，我想让眼泪冲刷我的悲伤和痛苦……

昨天中午，我坐 5 路车去礼参看你。那个破败的院落里，落叶遍地杂草丛生凉风阵阵，让人倍感凄凉。你那正读高三的女儿从学校请了假回来照顾你，她说你早已神志不清，谁也认不出。我站在你床前，小心翼翼叫了声“姐”，你答应了，并说出了我的名字，我一阵欣慰。可看到你家徒四壁穷困潦倒病体缠身的样子，又是说不出的难过——假若我知道，七个小时后你将与我们永别，我不会为了赶回单位上班而与你匆匆告别。

在路边等车回城的时候，天空中布满了阴霾，一阵又一阵秋风扫着落叶堆积到我脚下。原本几分钟一趟的 5 路车迟迟不来。现在想来，桂芹姐，是否你托了那风在向我们告别？你对尘世那样眷恋，你有太多的心事未了：你的女儿尚未考上大学，你的作品集尚未出版，你的父母该怎样为早逝的女儿潸然泪下！

眼睛肿胀着。你清癯的身影支离破碎起来。不想忆起你临终时的模样，却怎么也忘不掉你被病痛折磨变形的脸、脖子上的瘀血、腿部青紫的瘢痕。《圣经》上说，人是为了赎罪而艰苦地活着。是的，生活不易，太多人选择了苟且偷生。以前与你闲聊时，曾含蓄地劝你，年月还长，有时得学会妥协，要说你该说的话，别说你想说的话；努力改变你能改变的一切，坦然接受你不能改变的一切；达则兼济天下，穷则独善其身；不能阻止鸟从头上飞过，只能阻止鸟在头顶停留，等等。也许因为自己天性懒惰吧，懒于四处奔忙，懒与别人一争高低，得过且过。多少年来小小年纪的我一直这样随波逐流，这样被动而软弱地活着。那么，作为一个人，真正独立的思想呢？只能孤独地蹲居一隅，无所事事吗？你，终是不同，你勇敢坚强，低头读书，抬头做人，“书生报国无他物，唯有手中笔如刀”，你文风朴实，文笔却犀利，你的小说、剧本、散文蔚为大观极其丰美、大气、有见地。你的人品与文品密不可分相得益彰。人们对你有着更多的期待。而你，刚步入中年，生命却戛然而止。

此刻，窗外夜色阑珊。我希望自己让心宁静。生生灭灭，是一个过程，是一种结局，承受得了承受不了都得承受。昨日的你，已被落叶覆盖，没有人能够改变，唯有我们的回忆可以重来。原本，生命之微末根本无法对应宇宙之浩瀚，而人因其有思想有感觉，便可与宇宙颉颃。尽管你率先走到了天国的门口，但你生命的芬芳依然如故。正如泰戈尔所说：“生如夏花之灿烂，死如秋叶之静美。”

桂芹姐，你一世人生，内心世界丰富，对外部世界敏锐，说的是自己想说的话，写的是自己想写的字，你潇洒走了一回，你总让我想到张国荣那首歌：不用闪躲，为我喜欢的生活而活；我就是我，是颜色不一样的烟火；我喜欢我，孤独的沙漠里，一样盛放得赤裸裸。

——此中有真意，欲辩已忘言呵！

桂芹姐，安息吧。

诗人男娲

二十年前我来到小城工作，经常去文化馆王红先生家串门。王先生长期从事文化工作，尤其致力于地方历史文化研究，耳濡目染，我对邹平文化界有了较为全面的了解。彼时，我对缪斯情有独钟，王先生给了我一本诗集《男娲诗选》，让我对诗人男娲崇拜无比。我的一位师兄与男娲相熟，有一次，他特意叫上我去男娲家吃饭。诗人其时租住着安家村一所民房，院子里有几棵泡桐树，很高大。师兄和男娲一杯接一杯对饮，我不会喝酒，又因为害羞，不敢多说话，便只管低头吃菜。后来男娲就醉了。"古来圣贤皆寂寞，唯有饮者留其名"，面对生存压力、情感与精神的挣扎，男娲一度试图用酒精来稀释痛苦。"一个人站在原野上可以望到很远很远，但进入闹市，一转眼就是楼房和别人的脸色。你失去了远望天地的机会，就不得不关心眼下的情景。可是你与生俱来的责任却不知不觉卸在了一边。人们就是这样离开了最严肃的探索，淡出了生活的目的。"男娲这段话是他自己曾经的一段人生岁月。

时光荏苒，转眼进入二十一世纪。多少人青春已经消逝，那股蓬勃昂扬的生命力也渐行渐远。生活如此平淡无奇，又沉重无比。恰如诗人所言，灵醒的文化载体——诗人，是“背负着天堂，行走在地狱”的，理想与现实的反差之大令人瞠目。然而，“眼睛老了，泪水依然年轻”，男娲再次举起手中那只硬笔，将诗性之灵转化为随笔之光，发表观点，纵横评说，“补地”之作一发而不可收。他写司马光之《资治通鉴》，写曹操之《求贤令》，写段成式之《酉阳杂俎》，写纪晓岚之《阅微草堂笔记》……这样的“文化古董”，对阅读者的文化素养和思想境界是有要求的，做他的读者并不容易。

能不能写出好文章是才华问题，但作为一个有良知的作家，面对社会不正之风和民族劣根，哪怕人微言轻如蚍蜉撼树，也要敢于发出自己的声音，在文化节操上坚韧得像个将军！位卑未敢忘忧国，男娲善于思考，具有理性批判精神，在一百五十篇随笔里，他引经据典，借古讽今，锋芒毕露，他有一颗勇敢的心。不同于那些无病呻吟顾影自怜的作家，男娲废寝忘食夜以继日地写作，力求以绵薄之力，让我们这个社会变得更加完美，人性更加向善，此即人们常说的“第二种忠诚”。继《男娲诗选》，一本携带着金石之声的《男娲随笔》面世，乡关与风景、评说与观点，和合而为今日男娲之精神。他所具备的思想高度，让我想到鲁迅，想到匕首和投枪，也让我想起郑板桥的一句话：“一竹一兰一石，有节有香有骨。”

一曲挽歌
——阅读散文集《葬之北山》

莎士比亚在《李尔王》中，借奥本尼公爵之口说：“我们应当顺从地承担悲惨时代的重负，应该说的是我们的感受而不是该说的话。”以此概说散文集《葬之北山》是基本合适的。无论写作主题还是表现手法，作者由俊佐全都严格遵从了自己的内心以及生活本身。他以朴素的语言、悠长的叙事，庄严地完成了对父亲、对北山，对家乡风物、风俗、人情、世事这幅画卷的描摹和修饰。他的过人之处还在于，以貌似不苟言笑的严肃表情，通过对处于社会最底层的农村社会、农民阶层贫穷、苦难和不幸的描写，反证着一个庞大的群体精神的迷茫和信念的荒凉。作者说，泪水最多的生活里笑声最多，这正是王小波式的喜剧精神和幽默风格。当然，我们这代人所处的时代，平心而论，算不上悲惨，也算不上美好，每个人逃脱不了的，是“责任”。

让我们先来谈谈《葬之北山》的文学主题：死亡。

谁都明白生不由己，大多数人的死，也不由己。《葬之北山》中的人物：父亲、爷爷奶奶、郭亮、李老师等人，都是“正常”离世，除了他们的亲人，作为与之有着相似经历的读者，我也同样满怀悲凉。谁都不愿看到亲人离去，我们也曾哭着喊着梦想着我们的亲人能够重新回到身边，尽享天伦之乐，然而，“世间好物不坚牢，彩云易碎琉璃脆”，人死如灯灭，死不会复生。除了在梦中，逝去的人永远不会再与我们相见。所以说，世上只有一件无价之宝，不是金子，不是爱情，而是时间，唯愿亲人与我们在一起的时间，能够长久一些、再长久一些，尽管我们也明白，活着，并不容易。《父亲》一文，是《葬之北山》一书中最长的一篇（接近全书三分之一的字数），也是作者倾注感情最多、最深的一篇。从父亲得病开始，检查、治疗、最后的晚餐、净身、装殓、指路、守灵、祭奠、出殡、下葬……从 2006 年 12 月 29 日，到 2008 年 8 月 9 日，作者陪同父亲与癌魔抗争，其间所经历的煎熬，尽可去想象。“人并不是生来要给打败的，你尽可以把它消灭掉，可就是打不败他。”（海明威语）但是，如果没有这一系列的“战争”，人间岂不更美好？当然，我也知道作家史铁生苦思冥想之后得出的结论：“死，是一个必然会降临的节日。”那么，就让我们以平静心态来面对不期而至的“节日”吧。

如同一幕电影需要导演，每个葬礼首先需要考虑的，是请一位大总。“我们这里丧礼的领导编制是一正三副，大总负责灵上，三个副总分别负责坟上、柜上、橱上。灵上的工作就是搭灵棚、司仪奠基、路祭。坟上的负责修坟、下葬、圆坟。柜上又分里柜外柜，里柜负责收钱记账，包括收祭、收纸、收吊仪、写挽联；外柜负责花钱，包括买花圈、纸牛纸马、棺木、孝服。橱上负责安排采购食品、烧水做饭、借桌椅板凳、租赁肴货、开席……”依旧制而来的农村习俗不易破除。葬礼程序几乎令人绝望的繁文缛节中，哪怕眼泪早已流干，你仍需要保持伤心欲绝的表情，否则，人家就会“鄙夷地挖你一眼”。亲人躺在那里一语不发，对这个世界，他终于失去了发言权，对这一切，他将永远保持沉默。

人生天地间，忽如远行客。逝者已矣，活着的人还要继续谋生。“人活着得花钱，死了也得花钱。”一副桐木棺材八百、几十丈白布一千、修坟包工包料三千、烟酒吃喝五千……如果一个人的出生算不上奖励，那他的离去算不算惩罚？

被惩罚的，永远是活着的人。精神迷茫也罢，信念荒凉也罢，父亲们被风吹远了，有些东西因此被带走，留不下来；另外一些东西一直留在世上，赶也赶不走，比如痛楚。

在城市与乡村之间，我们一度踯躅徘徊。《回家，回家》是作者的又一篇力作，从中可以体味《葬之北山》的另一个主题：亲情。

“人真正需要的是一个归宿，心真正需要的是一个归属。”年少时的我们，每次放学，总是急着赶回家去，那时候的家，是一个多么明确而又美好的归宿！每当返校，“当伙伴们来喊我的时候，我默默背上干粮，头也不回地走出了家门……若干年后，母亲回想起那时候的情景，教育弟弟妹妹说，你哥每次回家背干粮，都是含着眼泪走的，头都不敢回”。对家的留恋，对亲情的依恋，是我们这类人人性的弱点，或曰优点。相对于那些饱食终日无所用心之人，作者似乎更难摆脱这种命运的安排，又或者，他很享受这样的命运？他从那个山清水秀的小山村一步步走出来，走到今天这个人心浮躁、价值嬗变的时代，更加渴望找到心的归属。“午夜时分，皓月当空，万籁俱寂，我的住处依然会传来琅琅的书声：起初上帝创造天地，地是空虚混沌，渊面黑暗，上帝的灵运行在水面上。上帝说，要有光，就有了光……”上帝也好，菩萨也好，神仙也好，一切宗教都不是答案。人活一世，身边常相陪伴的，永远是亲情。《绵被窝》《走姥娘家》《宋家胡同》与《回家，回家》一样，不动声色地描述，闪现温暖光芒。事实上，没有人真正明白，作者心灵的行走，比回家的路还要崎岖漫长。上面所说四篇小文，不过是他通往亲情之路的小小注脚。内心深处，一直有一个声音在孕育、发酵：我的躯体属于北山，让它与亲人在一起，与亲情在一起，它与灵魂，同属那片山野……死生契阔，与子成说。在家乡北山，其实他早已成了异乡人，而籍贯与源头赋予的深情厚谊，与生俱在。“天上最亮的那颗是北极星，村里最亮的那盏是母亲为我点亮的灯”，那么，即便人生不如意，又有什么可怕。

《葬之北山》最精彩的，莫过于对人物的描写。《听岳父讲故事》《我的老师王兴武》《库子舅》《郭亮》等篇目所书写的人物，性格与结局各不相同，那一个个鲜活的形象自然与作者的生花妙笔密不可分。这是作者的拿手好戏。郭亮，生就一副憨相：四方大脸，一对虎牙，元宝耳朵，耳垂前弯。麻衣相谓之：有福。他也的确阴差阳错总是碰上好机会，分配到好地方工作，分到了大房子……实在让人羡慕嫉妒。可惜，他婚后四十天就生病住院，不到半年就去世了；库子舅，从小上蹿下跳、杀生作乐、自作聪明，于是他年纪轻轻也死了……作家王陆在散文《天性》中写道：“人一生，顺理成章的事多，阴差阳错的事少。顺理成章，就是什么种子开什么花结什么果，土质和雨水只是决定你能开多大花，能接多大的果而已。”每读至此，我都点头称是。所谓命运掌握在自己手中，一个人当然应该把做人的责任更多地交给自己负责，而不是推诿给他人，推诿给民族、时代、社会，更不应简单地归责于“命运好，或者不好”。由俊佐在《此生难忘是师恩》中说到书法大家郭连贻：“他天赋极高素养极深，又遍临诸帖，受李邕、虞世南、颜真卿、米芾、康南海、谢无量影响尤甚。五十岁时写米芾，遒丽妍美风流潇洒；六十岁时其代表书风是碑帖结合的小草书，线条苍茫，结字高古；七十岁以后受康南海影响，老年变法，以碑味正书行世，用笔平实，点线劲健，老辣凝重，浑朴从容。”郭连贻今年八十三岁，一生所历时代之变迁、社会之动荡、人生之坎坷，非我辈可与之相提并论。忍辱负重实属不易，勤奋努力、百折不挠更为重要。什么叫艰难？艰难是与灵魂紧密相关的复杂的东西。单纯物质层面的艰难不难，难的是在漫长的生活道路上能够平静地接受不公和无奈。由此而读郭连贻，可知我们需要修行的路，还很漫长。

周星驰的电影，王小波的文章，郭德纲的相声。人世间，形形色色的人物和事件，一些场景，我们经历了、见识了，可这不是生活，生活是什么？自己每天醒来需要面对的柴米油盐酱醋茶、七大姑八大姨、春耕秋收、衣食住行，诸如此类的日常才叫生活。而喜怒哀乐、恩怨悲喜，则是我们真实的人生况味，是每个人早晚都要面向结局的叙事，区别在于，有人从不去想那个结局，有人总在想着那结局，尽管他也明白，所有结局都很悲凉。

毋庸置疑，《葬之北山》是一曲挽歌，也是作者独具匠心的自我安慰。他很明白，人，从泥土中来，终要回到泥土中去。

王一鸣与《宽容》

下午工作不忙，拿起《宽容》准备阅读第三部分“希腊人”。这时，原本阴沉的天渐渐云开雾散，阳光从窗外照进来，照在彩色插页《雅典学院》上。《雅典学院》是意大利画家拉斐尔的作品，表现的是在想象中的古典式建筑的半圆形拱门下，各路著名的思想家们在争议不同流派的哲学话题。其实雅典人更感兴趣的是生活，其次才是艺术。然而二十年前，与我同时参加工作的王一鸣似乎将其颠倒了。

王一鸣原本叫王义明，“义”字是个辈分，不能随便改的。王义明考上大学后才知道外面的世界真精彩，一所大学竟然就有那么大的图书馆。他办了借书证，频繁出入图书馆。四年的时间，他已记不清借过多少本书。博览群书后的王义明觉得自己的名字实在没什么特点，于是他把“义明”改成了“一鸣”，取“一鸣惊人”之意。好在那时刚刚开始办理居民身份证，对同音字要求不甚严格，“王义明”顺利地变成了“王一鸣”。王一鸣大学毕业后被分配到土管局。当时的土管局是个新建单位，办公室是暂时租借的我们单位的两间会议室。我们几个刚分来的学生在顶楼有两间宿舍，一间住着我们四个女生，一间住着他们五个男生，其中包括王一鸣。渐渐地，我们知道王一鸣是个书痴。漫长的冬夜，没有电视机，没有网络，单身汉们大多时候凑在一起甩扑克。王一鸣不玩扑克，他认为玩扑克简直就是浪费时间虚度大好年华。他躲在一隅看书，累了的时候，偶尔会到我们宿舍来闲聊几句。那哪里是聊天啊，分明是他一个人在滔滔不绝地讲解某本书。我们手中织着毛活，耳朵间或吸收个只言片语。《宽容》这本书，我就是从他嘴里知道的，而且感了兴趣，跟他借了来。对我来说，《宽容》是本知识面极广的书，读来不易。我断断续续看了半年，也没看完，书的主人已经跟我讨要了好多次，便还了回去。

读书太多的人容易天真，王一鸣就是如此。他读书认真，做事也认真，认起真来不认人，因此在单位得了个“怪胎”的称谓。《宽容》一书，他讲起来头头是道，哪里晓得现实社会并不宽容，古今中外概莫能外。挤压、讽刺、明里暗里钩心斗角……他一个书虫哪里搞得懂，只觉得生活举步维艰，恋爱、婚姻屡遭挫折。

后来，土管局从我们单位搬走，有关王一鸣的信息也渐行渐远，听说他娶了一位瘦弱的农家女，生了一个瘦弱的男孩，再后来就听说他精神出了问题，与局长大拍其桌，甚至拔刀相向……

“春去秋来，年复一年。在宁静的无知山谷里，人类快乐地生活着。”电影《指环王》结尾处，当恩雅以其缥缈的嗓音诠释灵魂深处对于美好理想的祈望时，我即想起《宽容》前言中这句寓意深远的话。

前不久逛席殊书屋，看到了这本书，见封面设计、字体、插页都是我喜欢的风格，便买了下来，放在办公室里，有时间的时候就看上几页。书的内容涉及西方文化、历史和宗教，知识点太多，因而进展缓慢。

终于，一下午的时间一行字也没看进去，下班时间到了。太阳什么时候躲到云彩后面去了，我没有发觉，只觉得时间过得真快，一转眼二十年过去了，我还没有读完一本书。

如果有温暖

在厨房一边做饭，一边看《悲情萧红》。“人的一生就是秘密，是处于诞生和弥留之间的谜语式插曲，从睁开双眼到闭目归去一直如此。”作者高维生把维克多·雨果这句话放在《悲情萧红》的目录前页，以《用散文的方式抒写萧红》为序，以温煦缓慢、娓娓道来的笔调，写了萧红的一生。

认识高维生缘于文友盛文强的介绍，他们两位都在鲁北工作，但都不是鲁北人，他们的家乡都在远方。同是异乡人，相似的工作环境，相同的志趣爱好，让两人成为忘年之交。时年高先生五十有一，出版有《午夜功课》《蝴蝶为什么尖叫》等十几本散文集以及《浪漫沈从文》《悲情萧红》等名人传记；盛文强尚不到而立之年，也已有《渔具列传》《海怪简史》《半岛手记》等大著问世，委实令人钦佩。今年正秋时节，他俩从鲁北来到我们小城，一为参观范公祠，二为拜谒梁漱溟墓——齐鲁文化昌盛之域、历史上有名的“齐鲁上九县”邹平县，人文景观无所谓丰富，总算还有几处文化遗迹值得人观瞻。有些人一辈子在一起相对无言，有些人一见如故——我与盛文强、高维生即是如此。如果不是为了保持女性的那点矜持，很有可能，我们就会勾肩搭背称兄道弟了。

高维生写的萧红传记是我特别感兴趣的。除了十几岁就看《生死场》，对萧红个人命运有太多感触外，我急于了解以散文形式书写人物传记的这种写作方式。《悲情萧红》封面上，有一张小小的萧红的黑白素描，年轻而素朴。

萧红当然是年轻的。萧红一生都是年轻的。她的生命终止于三十一岁，情感的脉络间，汁液仍是饱满的，可惜，那时的天空，太低了，容不下她了，她被生生压垮了。她感情的天空下走过两个男人，一个萧军，一个端木蕻良，他们先后为她投下巨大阴影，然后若无其事走到了别处。他们意识到他们让萧红的天空更低了吗？端木后来的大恸而哭也许是意识到了，而萧军，这个萧红一生中的“三郎”，他是否为萧红的早逝自责过？

好在，还有两位男性让萧红的生命温暖过，一位是她祖父，一位是鲁迅先生。安徽有个女作家在文章中说，只因萧红贪恋泥淖里的一点温暖，她的命运才如此凄惨……我不想苟同。萧红那样的人生际遇，如同跋涉冷风凄雨之际，见到一炉篝火，谁不想飞奔而上，烤一烤冻僵的双手？她对温暖的贪恋，有什么可指责的呢。与萧红同一时代的张爱玲，宁愿为一个不值得的男人——汉奸胡兰成“低到尘埃里去”，而且说“爱就是不问值不值得”，却鲜见遭人耻笑，甚至很多女性还为这句话感动，怎么到了萧红这里就是“贪恋”了呢？大概人骨子里都是欺软怕硬的吧。清高绝世的张爱玲性格一定是硬的，而萧红，当然是“软”的。在祖父那里，在鲁迅先生那里，萧红复归娇弱的女童形象，自然是因了他们那温暖的关照，给她带来无限地对过去与未来的美好向往，她怎么舍得离去呢，对温暖情怀的贪恋，不是人之常情吗？

对萧军和端木，萧红似乎没有过多的怨言。她清楚他们给予她的温暖，是任何人都代替不了的，她遵从了内心的召唤。缓慢讲述中，萧红的同乡、作者高维生，一定有过叹息，他在书中引导读者重温《呼兰河传》的场景和人物，诉说萧红的人生际遇，他的心必须是平静的。

午夜，我在灯下继续阅读《悲情萧红》。窗外，高高在上的月亮，挂着清凉冷漠的光，我懂得她的忧伤，我也懂得，只因与她相距遥远，她的温暖，我们才感觉不到。

天就要亮了。写下这些字，也是因为我怀念你——萧红，与高维生一样。

卧夫之死

从烦琐的生活中厘清头绪不是件容易的事，但我还是打算跟随自己的思路，写一写卧夫之死，起码让自己能够明白文学与生活的关系，正确看待生与死。

在我看来，卧夫首先是一位粉丝。谁的粉丝？海子的，诗歌的。

我几乎只有一个朋友
也住在天堂，名叫海子

二十世纪八十年代，是国内诗坛最为辉煌的时期，大批文学青年涌现祭坛前，对诗顶礼膜拜，卧夫便是其中之一。他很快发现并确立了自己的偶像——海子。的确，海子太耀眼了，他的作品灿烂在前，他的自杀静美其后——大秦铁路山海关段，海子卧轨时，身着一袭白衣，手握《圣经》和《瓦尔登湖》两本书，就那样走了。海子对死亡的选择，多少年后尘埃已落定，我相信很多人是理解的，是不必问其原因和意义的。

而卧夫，连与他相熟、在其身后写下诸多纪念文字的诗人安琪也承认，其诗人身份是比较模糊的。他更多的表现在于：出资为海子修墓，在经济上照顾海子家人，准备重走海子生前去过的青海、西藏等地，等等，他一直沉湎于高级粉丝的角色中而浑然忘我。我仔细读过被反复举例的卧夫的十几首诗歌，《我将死无葬身之地》《最后一分钟》让人印象深刻，看得出他自身的人性、他的内心和灵魂，并非与这个世界格格不入，远不到非得告别不可的程度，“酒瓶子”空了，就得去死吗？再看年龄，海子卧轨时只有二十五岁，还年轻，正是因为年轻，没有太多的顾虑，没有想到责任和义务，没有考虑影响。卧夫五十岁了，该懂得人活着不是只为自己，该想想身上的责任和义务，背负使命、铭刻疼痛，诗人的生命该更加顽强。布罗茨基说过，拯救世界或许为时过晚，拯救个人却始终存在着机会。显然，卧夫不是这样。他选择在春天里排空肠胃，以轻、净之身面对天空，将赤子情怀供奉在了大山之巅，他自决的山坡看得见大秦铁路，由此可以抄近路去见海子，他太急着见到海子了。这样的粉丝，让海子说什么好呢？

现实生活中，卧夫的个人价值与诗歌相连，但大部分并不体现在诗歌上，他在某品牌连锁酒店有股份，每年可得红利二百万，衣食无忧，但他内心深处是不是完完全全把自己跟海子拴在一起了，认为别无选择了？他的朋友、诗人孙家勋说，我们应该尊重他的选择，成全他庄严肃穆的寓意。是的，可以。可是，有的人死了，死得不明不白，终归令人遗憾。

众所周知，卧夫是诗歌界最难能可贵的一位无私奉献的老好人。卧夫去世后，何三坡、洪烛、安琪等人纷纷写文章回忆或纪念，他们与卧夫的交情或深或浅，都是有情有义的人。当然，并不是说什么也不写就无情无义，而是世上的确有那么一种人，在坦然接受他人帮助的时候，是从来没有想过回报的，是把这看作理所当然的，甚至也许还在心里讥笑他人吧。卧夫服务过的对象中有没有这种人？安琪在文章中说卧夫“只知付出却不给大家回报的机会”，我是不同意她的说法的，机会永远不是别人给的，机会存在于每时每刻，比如，我看到过的为卧夫写了最多文字的那个人就是她，安琪，这就是对卧夫友情的最好回报，这个回报的机会不是卧夫给她的，而是她自认为应该做的。由此而知，安琪定是一位仗义执言心地善良的女子。她怀念他，她读他的诗，她在他用生命写下最后一行诗句的时刻率先朗读出声，这样的朋友，卧夫选对了。

卧夫本名张辉，1964 年生于黑龙江省双鸭山市，年轻时为了诗歌梦想到北京闯荡，不料想阴差阳错，赚了钱，发了财，成了“如家”的股东。其时，诗一直在其灵魂深处蹲守，偶尔跑出三五首。更多的时候，他甘当各种诗会、诗歌节的仆人，他乐于为诗人奔忙，把金钱和精力花在诗歌上，做诗歌江湖第一好人。他说自己缺乏诗人天分，可又偏偏爱着诗歌，于是乎他就想做好一名诗人的服务生，侍于诗歌身旁随时待命。回首往事，他说的真是没错，诗歌就是他的救命稻草。最终，他却用这根稻草堵住嘴巴，以赤子之身承受山林之冷，承受绝食之饥，躺在怀柔的山坡上，成全了他一生最打动人的、最绝美的诗句……卧夫不动声色的自杀方式，让我不禁想到日本大作家三岛由纪夫，后者的自杀是大张旗鼓的，临死前还对自卫队队员们进行煽动，企图重振军国主义，同时，还在关心其自杀所将引起的社会反响，就像关心他的作品问世后的反响一样。从这个角度来说，卧夫不功利，比三岛由纪夫潇洒。卧夫想必也不希望别人在其身后说三道四。然而，议论总是难免的。卧夫一生所历，肯定不是一位纯粹的诗人的穷困和孤傲，也不是单纯的商人的重利轻别离，而是在诗性与铜臭之间游走的尴尬。诗歌与金钱，二者都不能放弃，二者都让他痛苦。不过自杀仍然不是他此时的计划，他在诗中一次又一次提到死以及对死亡来临之迟缓的急不可耐，不能说是为赋新词强说愁，但那也绝不是真正地活不下去。他说：“若无意外，我准备让我的心脏再跳动二十年左右的时间。前十年继续奋斗，积攒钞票和冥币；后十年用于绘画和回忆。在我七十岁之前，当我老得需要别人照顾的时候，就把自己干掉。”现在，他正当年，有能力照顾别人，有能力为他所喜爱的诗歌服务，却提前把自己干掉了，为什么？

我生病的时候，你总不能让我不难受吧
我难受的时候，你总不能限制我呻吟吧
可我这个中国病人理想小得只想告诉别人
我为什么呻吟

在中国社会，病人呻吟需要理由，诉说一下呻吟的理由是个理想，不把自杀的理由告诉别人而率性而为，则的的确确是诗人的做派了。可是我要说，历朝历代，诗人自杀之政治悲剧说、愤世嫉俗说、忠君爱国说、洁身自好说、尸谏说，等等，不一而足，卧夫属于哪一种呢？两千年前，屈子投汨罗江“孑身执节，孤直自毁”，让一个全民的节日与一位诗人联系在一起，如果说是诗界的骄傲、诗人的荣耀；两千年后的1927年，王国维在冰冷的昆明湖结束生命是忠君或洁身，说法尚且不一，那么，卧夫的死有何意义？

前几天看到一篇对当年的山大诗人王松的采访稿，我便重读了海子、顾城、北岛等人的诗集，对诗歌存在的意义有了更深的理解，更趋向于把写诗当作一种自我救赎的方式。山东诗人寒烟说，创作的过程就像一个转换器，在现实中遭受的困厄、窘迫、绝望都会在诗歌抒写过程中，转化成另一种忘我的力量。所以不必着急肉体的死亡。做一个活着修行的诗人，当笔下生出花来的时候，才是肉体生发光焰、生命意义凸显的时刻——卧夫据此还有一步之遥，仅仅一步之遥。

给小溪的一封信

亲爱的小溪，在这个阴雨蒙蒙的秋日午后，突然地，那么想给你写封信，情绪似乎回到高中时代，我们还在那所三面环山的叫作“南北寺”的校园里。而屈指算来，那已经是三十年前的事了。一场梦或许来得太迟，很难说得清我们身上还有没有当年的纯真，毕竟，人生的秋天早就来了，成熟不成熟的都要一同收割。“一切都会在秋冬交替的刹那间随风而逝，唯有那一泓鲜亮山溪般的记忆，永远在心中哗哗流动。”在这个网络时代，写信是很久远的事了，谁还在写信呢？而且，你我两地相隔，久无消息，我不知道你过得怎样，你在他乡还好吗？

我的书出版后，一位师长在评论中写道：“《花布》中涉及了上百个人物，王小溪是很值得关注的一个。”是的，你是我学生生涯中最重要的那个人，我对这段友情的依恋溢于言表，谁都看得出来。

几天前，闲来无事，我打开那个小皮箱：信件、贺卡、塑料皮面的日记本、泛黄的黑白照片……曾经的青春岁月又一次呈现眼前。我粗老的手指抚摸着青葱、粉嫩的记忆，感觉恍若隔世。我看到了一首诗：

那条路似乎是从昨天走来的
弯弯曲曲 弯弯曲曲
我双手捧着酸涩的果子
在一个偶然的时刻
与你相遇

这是你的诗《走向碧野》，夹在你写给我的一封信里。我曾以为，这首诗所表达的，应该是我本人的一段感情经历，它却清清楚楚是你的笔迹。想着你的“婉和而致静远，恰若深山秋叶”，低头再读这诗句，二者浑然一体。

婚后，我写过一篇《茉莉花，香如故》，是写给你的，其中一些句子就是你自己说过的，是你的语言风格。在你那段困顿的日子里，我想把它们回赠予你，或许对你有所帮助。你说过，“只要有一双眼睛与我一同哭泣，就值得我为生命而受苦”。我们有着相似的情感经历，这话是说给我听的，现在我复述给你听。

友情，对于少女时代的我们，是如此重要。我也知道你对这份友情的重视程度不亚于我。记得高考之后，我骑着自行车一路问询，终于找到你家。出于对友情的信任，你拿出一沓一沓的私人信件让我看。如果我没有记错的话，我写给你的信件一共五沓。有一沓是你姐姐写给你的，她在一封信里劝你不要太依恋我、信任我，因为我并不是完美之人……你知道吗，就因为她这句话，我是流着泪回家的。我们脆弱的心灵多么容易受伤啊。曾经以为，我们的友谊是完完全全的心与心的交流，然而，在他人眼里，竟然可以没有必要那么用心，真让人伤心啊。

窗外，雨越下越大，唰唰声不绝于耳。亲爱的朋友，你那边下雨了吗？在同一片天空下，你我的生活轨迹是不尽相同的。我知道你经历了曲折的人生，我却无力相助。因为关心与爱，很多时候都很惦念，忍不住拿起电话，却又放下。我不愿轻易触碰你的伤痛，能做的，只有保持沉默，却在心里一遍遍为你祝福——尽管到了这个年龄，我们都已经懂得，得到的如天赐，失去的是流水，我们不会埋怨命运不公，我却依然期望美好的命运垂青于你，我更希望你拥有俗常之人的衣食无忧富贵荣华。我当然明白，人活一世，除了物质的东西，精神上应该有所信仰，因为不曾背叛完美，因为怀揣理想，即便两手空空，也不会抱怨。

十几年没见了吧？我很惆怅，也很孤单。人生天地间，忽如远行客。我将一直带着我们的故事，带着这段纯洁而美好的生命时光行在路上。

让我们在各自的城里做最好的自己，微笑着向岁月致敬吧！

倾　听

周一晚上散步，去了黛溪湖。病愈后的男娲每周一、三、五在那儿拉琴，好久不见了，很是挂念，去看看他。

穿了运动短裤和球鞋，沿黛溪湖东侧一路走一路找。夏天昼长，晚上七点多天光仍是亮的。很多人在钓鱼。也有人在湖里游泳。湖水很深，砌在湖水边沿的大理石小路已在水下淹没了两年。被淹的还有一排柳树，柳树喜湿耐寒，若换了其他树种，长年累月泡在水中，早就死了。

走着，想着，很快来到范仲淹石像前。这是黛溪湖正门，娱乐设施很多，唱的、说的、跳的、喊的，人声鼎沸，嘈杂得很，想必范公也不愿以石头的形象站在这里吧？“身”不由己罢了。

男娲应该不会选择这样的环境拉琴。

继续往前走。在黛溪湖北岸，游人渐少，周围安静了些。那儿围了一群人。包括男娲在内的五位琴手正全神贯注地为一位演唱者伴奏。听，一段，两段，三段。大幅度滑音，对唱腔衬托入微，真好。“滚滚红尘中一颗纯净的心”，男娲以此为题写过王红先生。此刻，眼中所见、耳中所闻、心中所想，只这一句：滚滚红尘中一颗纯净的心。一本《男娲随笔》沉甸甸的，反复读来，也只这一句评语：滚滚红尘中一颗多么纯净的心！“评说”“观点”，“如海潮般汹涌澎湃的激情和忧愤”，原来是一种爱，一种大爱。男娲一再引用智利诗人聂鲁达的话：“不能爱的人，就不能写作”，却原来是他切身体会。他写啊写啊，都说他的心脏是累坏的，我不愿苟同，我觉得写作的过程其实健身又益智，导致他体质下降的罪魁祸首应该是他烟酒成癖。现在好了，烟酒两戒，身体会慢慢复原的。

正想着，又一曲结束了，男娲抬起头在人群中寻找，他身边那位女士应该是他夫人吧？我眼睛高度近视，只看到她似乎在指着我，于是我笑着走过去。男娲笑了笑，什么也没说。他夫人与我聊了一小会儿，又开始继续他们的演奏。在众人的邀请下，他夫人唱了一段京剧，唱得很好，情深意切。其实挺羡慕这样的伴侣，鸳鸯似的。巴尔扎克说，爱情不只是一种感情，它同样是一门艺术。男娲在《太太属猪》一文中写过他夫人，读后，我想到了这句话。他夫人瘦了很多，原本珠圆玉润的面庞变黑了、变小了，原来的大长卷发变为简单的“白菜帮”。她说，比起在医院照顾他那段时间，我还胖了不少呢。

——婚姻老了，感情依然年轻。

夜空中的月亮是红色的，从斑驳的树影间投下来。我知道，古老、忧伤、孤独和安静，一直挂在天上。

回到家，换了睡衣，穿过书房，来到阳台上。我喜欢阳台。站在这里看星星看月亮，看万家灯火。陈年旧事如节日烟花，在心中反复闪现，如同观赏一部老电影。

夜深了，小城已然进入梦乡，顺便带走一些痛楚和悲怆。凉风吹过，暑气尽散，男娲的坠琴声，又在耳边回响。

那些花儿

某个夜晚，山上忽然掠过一阵春风和春雨，有些记忆便破土而出。我对山上一切自然的东西，哪怕一窝狗尾草也满怀感情。倘若不是很多义务和责任在那里等着，我会很高兴带着食物和水一整天一整天地待在山上。我就喜欢躺在那些小草、小花中间，呆呆地望着天空出神。

这个季节，漫山遍野正灿烂着各种各样的野花，漫山遍野散发着花香。我常常为自己不能住在山上而遗憾，更为那些从未到山上来过的人惋惜。想想田震的歌吧："山上的野花为谁开又为谁败，静静地等待是否能有人采摘？"事实上，那些花儿是为自己开着的。它们静静地站在路边，默默地看着打此路过的人，看过了，也就看过了；错过了，也就永远错过了。就像孙桂芹《红颜三祭》中的莲子、翠玉、俊儿一样，土生土长着，说不上被欣赏或者不被欣赏。她们年纪轻轻即因鸡毛蒜皮的小事失去了生命，一阵哭声过后，乡村依旧踩着不变的步伐度日月。当孙桂芹步她仨后尘亦香消玉殒之后，她的作品集《我是一个农家女儿》让人们了解了她活着时的不易和不屈。然而，她终是去了。一朵雏菊开过了，艳丽过了，被人欣赏过了，够了吗？她毕生所倾心的，毕生都没有得到或拥有；换句话说，她所倾心的，是她一生也难以释怀的美丽与疼痛，仅此而已。

> 她们已经被风吹走　散落在天涯
> 有些故事还没讲完那就算了吧
> 那些心情在岁月中已经难辨真假
> 如今这里荒草丛生没有了鲜花
> 好在曾经拥有你们的春秋和冬夏
> ……

听着朴树的歌，想着孙桂芹的一生，禁不住泪流满面。脚下那些花儿仿佛安慰我说：为了看看阳光，我来到这世上……她们才是达观者。

山上所有花儿草儿，是我生活中不可或缺的一部分。我绝不情愿整年累月被束之高阁。我累了，随便找地儿小憩，一朵小花，说不定就是一朵石头花或者一朵苦菜花就在脚边开着，与她相视一笑，芬芳飘然。这些纷繁的野花不啻心灵瑜伽，轻轻柔柔于无形中，会消弭掉一些不快。那些黄色的金盏菊、山枣花，那些紫色的蒲公英、荆芽花，还有矢车菊、喇叭花，星星般闪闪烁烁，给了我灵感，我即刻模仿了一首小诗《野花》——

> 花儿　花儿
> 缤纷的日子你迷醉在梦幻里
> 山坡上鲜艳无比　芬芳四溢
> 但是呵
> 插你在瓶中你会枯萎

你只能够等在原地

我只能够赶过来约会你

一百次　一千次

记不清是海涅还是谁说过：冬天在这里失去的，春天将把她找回来。那么爱呢？还能找回来吗？

一朵非虚构之花

最初对樱花的了解，不过是《藤野先生》中那句“上野的樱花烂漫的时节，望去确也像绯红的轻云……”彼时，缘自课本的关乎鲁迅的印象多是婉和又静远的，譬如《从百草园到三味书屋》，譬如《故乡》。人至中年，回头再看鲁迅，窃以为其匕首和投枪抵达的地方，说到底并没有多大误伤，心底下对先生更多了一分敬仰。多年来，先生就像天际一颗大星，明亮而高远。

今年初春时节，对一片樱花的造访，让我对一个平凡的人，由衷地生出敬意来。

那一天乍暖还寒，轻度雾霾天气，应邀随一众师友去山上赏樱。那些樱花开在山谷里，沿山势蜿蜒而上，世外桃源般远离尘嚣。在这之前，连续四个春天，我不错时令，前往此处赏过樱花。想想吧，久居冬日，沉闷的生活，单调的色彩，让人倍感乏味。春风一开，十里樱花谷的魅力，谁能挡得住呢。即便内心并不喜猎猎张扬的性格，仍会为静僻山谷里这猎猎张扬的春色所吸引。我生活的这个小城，西汉年间置县，史称

“齐鲁上九县”，城南一列长白山脉绵亘百里，宛如翠屏，樱花谷缀居其间，灿若明珠。据王忠修先生主编的《山东长白山志》记载，其中一段山脉由南而北，山石怪异，白色点点，远远望去形如雪花，故名“雪花山”。雪花山上多植杏、桃、李子、苹果、柿子等果树，四季飘香。十几年前，一个名叫颜景江的人途经此地，饱览山水之美的同时，发现一些山石采伐者、淘沙者恣意而为，山体毁损严重，清泉濯足般大煞风景。彼时，这位年过半百的人萌生了一个大胆的想法，他要承包这座山，他要按照自己的想法在山上画一幅图画。

颜景江何许人也？

几年前，我与颜景江有过一面之缘，知道他在商海里遨游多年，获得的，不仅仅是财富，还有对人生的感悟：一个人，时时追问活着的意义只是第一步，更重要的是一定要有所信仰、有所行动。那一天，承包手续办妥了，站在荒凉的山脚下，颜景江首先确定的是，他要在山上广种树苗，对山体进行绿化。种树，小趣盎然，底里却关乎胸怀与境界。

当我第五次以游者身份来到山下，提着裙裾拾级而上，跨进那座厚重的石门，大片樱花豁然呈现于眼前时，仍然忍不住满怀感慨：天空一无所有，为何给我安慰？在窄长的樱花道上，我知道樱花之美，除了洁白晶莹、摇曳绚烂之外，也在于赏樱人是否具备从容闲适的心境，只不过面对樱花悠悠开放，伤春总是难免的——无所谓怀念逝去的青春，我只是在绚烂之外，预见到一种结局：凋零之美……

“看哪，快看哪！”

前面一位小姑娘忽然喊了一声。顺着她手指的方向，回头望去，只见一条淡粉色彩练像一条玉带缠绕山间，正是我们一路走来的那条樱花路。因了这美丽的樱花谷，人们不知雪花山在哪里，只晓得这就是樱花山，“山东樱花山”由此而名。我很想知道，筚路蓝缕，十几年不辍耕耘，躲在樱花背景里的那位植树人颜景江，对于眼下他在一座山上画下的这幅图画，满意吗？作为山东第一人，他获得了2015年度中华环境奖，可谓实至名归，但这肯定不是他的初衷。对于当下中国十四亿人口而言，他不过是一个平凡的人，做着自认为平凡的事，但我发现，他的某种精神与鲁迅先生有共通之处，他是有灵魂的。

站在樱花树下，我用微镜头拍着树干上的一朵花。颜景江在山上种树，为什么最先选择这种叫作“染井吉野樱”的花树，我不得而知，也许仅仅是他规划中的“图画”所需。据说，某日与茶友聊至深处，谈及人生与财富的关系时，颜景江认为，一个人所得财富，无论难易，无论多寡，均来自社会；所得之财用到什么地方，每个人的想法不一样。他说，我用来美化荒山，尽我所能给当地人留下点美的东西，只是我的一点个人心愿，在我“百年”后，自然带不走这座山，我能带走的，是关于美的记忆，是“善小而为”的欣慰，对我来说，这就够了。

颜景江乐此不疲将时间和金钱付诸一座山，全然出于对美的渴望吧。他对美，有着超乎一般商人的追求。我想起两千多年前，孔子周游列国，大志不酬。子贡曰：“韫椟而藏诸？求善贾而沽诸？”子曰：“沽之哉！沽之哉！我待贾者也。”事实上，孔子心中向往，哪是子贡所能明了。颜景江十几年孜孜矻矻，醉心于栽树种花的姿态，像极了樱花悠悠飘落时节，那种孤寂决然的怆怏之美。正是因此，我有理由对颜景江致以敬意，能够怀揣悲壮的喜悦、悲悯的救赎，更有一种殉道的顽冥与执迷，以入世之精神，做出世之事业，善莫大焉。

一路思绪纷飞，似樱花在山石间飘舞。我们一行人来到山顶。这里的樱花尚未开放，穿插其间的连翘、玉兰倒是红黄铺陈，色彩明丽。除了樱花，十几年来，颜景江又在山上陆陆续续种了紫藤、丁香、玫瑰、蔷薇以及水杉、楸树、黄栌、红枫、皂角、塔松等，持拙守正的韧性始终如一，他的图画从而渐趋壮阔，这片风景画廊愈发气韵悠长。“草树茂密，腐叶积数年可二三寸；每天雨，从树至叶，从叶至土石，历石罅，滴沥成泉：其下水也缓，又水下而土石不随其下。”颜景江的图画，不正是清代散文家梅曾亮描绘的图景吗？茂密的草树枝叶、纵横交错的根系结构，对青山绿水的固化和涵养自不待言，我想说的是，真正的美都是朴素简单而有根的，颜景江这朵非虚构之花开出的，不单是美，一定还有缭绕不绝的馨香，熏染着后来人。

夜幕降临，山野回归寂静。那些樱花早已飘落成泥了吧，然而我分明看到那仿佛一气呵成的又仿佛酝酿已久的春光，依然在天际闪烁，明亮而高远。

一河清澈

春寒料峭的周末，沿黛溪河散步归来，回望印台山，一轮落日正蹲踞山顶，遥远的《诗经》景象跃然而出：鸡栖于埘，日之夕矣，羊牛下来。“仲春三月，鸟鸣多于流水。羊群不再蜷卧，远山举起了火把。柔软的事物日渐醒来。”溪河子的诗句也在这一刻轻盈而来，给这个灰霾的三月的开头，带来些许通透。

与诗人溪河子相识，是近几年的事。他给我的总体印象是：一河清澈。他家与我家相近，都在黛溪河边，我们又是同龄人，都被二十世纪八十年代的文学熏沐过，那里有北岛，有舒婷，有翟永明；有尊严，有风骨，有妖娆，那是文学青年的幸福时光。那一腔家国情怀、爱恨情仇，想来倒也不负青春一场。现在看溪河子的诗，那份文质彬彬、那份纯真虔诚，风韵犹在。“静卧水底 / 看阳光穿过寂寞的时间 / 听水和阳光一起向前奔流”，他把自己幻化为河里的一尾鱼，畅享安然与自在，如此这般言简义丰的生活，也同样吸引着我。遗憾的是，婚后我放下了诗；而今不惑之年，我那诗心又开始萌芽了。只是，流水和时光早已远去，亮晶晶的卵石和绿莹莹的水草都不见了。溪河子笔下的萤火虫和布谷鸟、游鱼和狗、明月和繁星、牧羊人和柿子树，在哪儿呢？

远处山峦沉静
星光闪闪
我用狗尾巴草
扎了两匹马
一匹送给了风
一匹骑回了家

什么样的诗可以称得上好诗？结构、语境、旋律和品格，哪一项更重要？乍一看，溪河子的诗句都很简朴，然而他避开了平庸者都在关注的那部分——风花雪月、儿女情长、痛哭流涕、大声歌唱，他说，“我写些小诗 / 写些细碎的心事 / 它们成就了我 / 让我欢愉”，读这样的诗，如沐春风，我们灵魂的河流，自兹安静地流向远方。

一个人的内心，他的气息与气象，需要用独特的方式来表达。从黛溪河徒步归来，他写了《骑风，奔向两岸》，只有三句：“溪河清唱 / 我披一身微凉 / 诗度无眠。”哪里需要喋喋不休，他对读者的敬意体现在这样的诗句里，是内心沉淀下来的东西，没有生生死死，无须天涯断肠。拈花微笑，饮酒对菊，寓言式的句子更符合诗歌原本的性情，因而它是好诗，值得反复品咂，大可在短短三行里抽丝剥茧，分析它的结构、语境、旋律和品格，而且，不会失望。

时间在考验一个人。潜意识里，每个人都试图与时间对峙，与命运抗争，于是，有人螳臂当车，有人像堂吉诃德那样与风车搏斗。溪河子拿起笔，捡回了诗心。接下来的问题是，写什么？怎样写？济慈说，如果诗不是像叶子长在树上那样自然而然地来临，那就干脆别来了。诗人在河岸踱步，深深浅浅的脚印，来来回回的身影，一定在寻找什么。抬头望山间残雪，低头寻河底卵石与水草，也只是“望”，也只是“寻”，这一年冬无降雪，春无大风，黛溪河早已不是当年那条河流了，“湍飞时激石，花闭屡通泉”（清·王士祯诗句），飞瀑激石，叮咚作响，冲洪积扇的美丽容颜一去不返了。如今的黛溪河，以城西一片凹地为句点，画上了休止符，一只鸟儿飞过，分明只看到一滴眼泪。“日月守着天空 / 四季守着日子 / 我只守着一份美好”，就这样吧，以诗的形式把过往的美和好留住。

正是缘于对文学的热爱和执着，溪河子创建了“梁邹文化博客圈”。同好者聚在一起，谈诗论文，彼此赏读，创作的积极性由此得以提高。去年春天，滨州日报副总编王锋老师问到我这么多年来为什么能够一直坚持写作的问题时，我提到了梁邹文化博客圈对我的影响，也说到溪河子其人。过了一段时间，王锋老师从滨州赶来，想作为一个文学事件，采访一下我们的圈主溪河子先生。以我对溪河子的了解，他可能不会接受采访，不是说他清高，而是不喜张扬的性格使然。但王锋老师大老远来了，我只好硬着头皮拨打溪河子的电话，果不其然，他一口回绝。我只能再硬着头皮跟王锋老师解释，好在王锋老师善解人意，也不计较。其实我很赞同溪河子的做法，文学应该适度拒绝热闹和纷繁的人事，文学需要安静，甚至孤独。谁说过这样一段话：“一个纠缠复杂的人不会有真性情，不可能率性燃烧，因为复杂或别有用心，心便有太多杂质，太多困扰，一个深陷困扰的人值得怀疑。”溪河子是纯净的，他的诗句每每闪耀素朴而晶莹的光芒，正所谓文如其人。他不理会暗淡而世故的投影，他在诗行中苦苦跋涉，思索别人想不到的句式。我们在他的诗行中找寻童真、理想和美，天高、地迥，山青、水阔，赤子情怀，无有止境。

几位文友在一起聊天，谈到婚姻问题，溪河子说他与妻子虽非相敬如宾，但婚后这么多年从未吵闹过。在我看来，这已是难得的境界。多少人折腾婚姻，也被婚姻折腾，生命几欲耗尽，到头来仍一无所得。扪心自问：婚姻是什么？婚姻是感情问题，是时间问题，是修养问题，也是道德问题，人性之复杂，完全可以在一桩婚姻中淋漓尽致地体现出来。我参加过博客圈组织的几次登山活动，溪河子每次都是带着夫人同行，伉俪情深，由此略见一斑。

“如果有一天我老了，能四处游走 / 我希望窗口能有一树叶子 / 一些飞鸟，更希望有一只小猫 / 能时常光临，就像现在这个样子”，这是溪河子近作《想起一只从窗口路过的猫》的结尾段落。在溪河子那间屋子窗外，有一排樱花树和锦带花丛，当一只猫在夕阳的余晖里打此路过，溪河子想到了自己的老年时光。不必烦恼，来不及犹疑，只管听春月夜花瓣落地的声音好了，只管等待秋末时光风追逐猫的脚步声好了，文学的意义不单单为了“诗意的栖居”，它还教人慈悲。当我们自己选定生命的方式，冥冥之中，上天即为我们预定下与之匹配的结局，终有一天，它将伸手接我们回家。

此刻，再回想溪河子为黛溪河写下的那些诗，《溪河谣》《溪边偶记》《溪湖冬韵》，长长短短，如音乐之声流淌。我不是诗人，但我与他一样，也在关注这条河流的过去、现在和未来。同时，也与他一样坚信，什么也不能割断美好，总有一河清澈的呐喊。

清泉白石在胸中

夜来无眠，赏看瓷筒里几幅字画，竟至兴味盎然。其中有画家李卫——俗称“老卫子”的一幅山水，题跋处写着：“我有商山君未见，清泉白石在胸中”，是白居易《答崔十八》中的两句。当时他告诉我说错写了一个字，我左看右看没看出错的是哪个字。那时与他不甚熟悉，没好意思细问，再说，有些时候少说话或不说话是为了藏拙，书画家字儿本就难认，又有“书法无错字”之说，也就不以为意，欣然收下。现在看这幅作品，画面中见树见桥见高低，未见清泉与白石。近景处，松下一只鸟儿，腹部赭黄，是整幅画中唯一的彩色，余皆黑白。品画读人，我琢磨着把白居易的诗拆分了一下：我有商山君，未见清泉白；画的名字就取后四字：石在胸中。石在胸中，胸中沟壑，二者呈递进关系。几次接触、交流下来，我认为李卫先生胸中是有沟壑的，清泉与白石都在胸中。再看眼前这幅画就会发现，松是从石缝里挺拔的，鸟儿是峭立在石壁上的，远景处那座桥下是有汇集而来的泉水汩汩流淌着的……

与李卫第一次见面，记不清是什么时候、在哪里了，此前他在博客上连发了几幅小品，其中一幅扇面“空谷幽兰”，甫一看到墨石间几丛幽兰，那清静无为的样子立即吸引了我，我以为那就是我，或者说，那就是我想要成为的样子。如果把它装裱加框，置于书桌上方，时不时地对望，相视而不语，该是怎样一番情致？这幅小品久萦心怀，一直放不下。隔了一段时间，忍不住给“老卫子”留言：可愿出手？答曰：已经出手。人生中一次又一次地失之交臂，说白了，还是缘分不到，也就不必抱憾。

朋友们偶尔会凑在一起吃个饭聊聊天什么的，这样的场合老卫子很少说话，喜怒不形于色，也不贪杯，落落寡合的性格让人不敢造次。2012 年 9 月 8 日，我们一行七人参加穿越印台山、三棵松、老人峰、会仙山的登山活动，一路上你说一句我接一句，此伏彼起，欢乐开怀。老卫子仍是少言寡语。在最后一座山——会仙山脚下，大家累得不行了，天色也不早了，大部分人也都爬过此山，就打算放弃登顶。老卫子没爬过这座山，我也没上去过，“咱俩去？”他问，“好。”我鼓起勇气，趁大家在此休息，与老卫子一道，一鼓作气爬上了会仙山。山顶上有残壁断垣，草丛间散落着残破的青砖石瓦，不知是哪个年代的建筑遗存。老卫子扒翻出两块较为完整的青砖，掂了掂，太沉重，又没背包，带下山似无可能，就找了一隐蔽处把砖藏进去，说：“找机会咱再上来带回去？”我笑了笑，未置可否。

前不久，我与友人相约去李卫工作室“参观”。一进门，文化气息扑面而来，笔墨纸砚自不必说，各种摆件大大小小、木石陶土、宋元明清，可谓琳琅满目。我即知道，会仙山上那两块老砖，总有一天会来到这里。此时此地，我第一次领教了老卫子的能说与会说——谈诗论文，写书作画。凡艺术类，定有共通之处，画什么、怎么画、什么时间画，与作家的写什么、怎么写、什么时间写一样，均无定数，全赖灵感而来。老卫子心态好，不急不躁，不流世俗。最能代表其艺术水准的山水画，饱含着他对山水的敬仰，人与画两相结合，更显示出他对自我生命的尊崇。

笔墨不仅是一种技术语言，也是一种修炼方式。生活与艺术，处处有禅意。

老卫子书柜里一个小摆件有点意思：一丛荆芽根紧抱一截小石，名曰“拇指”，是我们那次爬山，他从别人脚下捡起来的，大家视而无睹，而他把它带回了家，剔除腐朽之物而为眼前之玲珑“拇指”，不亦意趣盎然？见他人之不见，方得他人之未得。

我在友人处赏过老卫子一幅六尺山水，整体作品混沌厚重，富有诗意，浓淡、虚实、曲直、聚散，笔力变化无常，墨色苍茫处杂以深绿、深褐，葱茏之意立现。有位画家说，一幅画挂在墙上，三个月，看够了，不算好画；如果三个月过去了，反而越看越喜欢，才有可能归入好画之列。每次去友人那里，我都会站到那幅画前，斑斓的山水，丰赡的意蕴，繁复有章的画面进入脑海，视觉上的愉悦渐化为心灵上的共鸣。

明代徐渭对大写意画的要求是：不求形式求生韵；草书飞动似之；草而能工，工而入逸。要让作品生发逸气，不是容易的事，但宁静平和如老卫子者，清泉白石聚于胸，进入到幽远神秘的如来之境将是迟早的事。

流深静水
——品读《若水集》

以《若水集》作书名，对于散文家若水的文本风格而言，再恰切不过。作为一位对自然与人心怀深情善意的写作者，若水的文字满布着一层安静的光芒。她写山野溪流，写泥土草木，写亲情与爱，看似平淡的题材，看似简洁的语言，仔细读来，每每让人感知人世温暖，亦能从中发现岁月的包浆。若水以“过往沉香”“俗世碎屑”“风花雪月”以及“认识的人”“读过的书”“走过的路”为题，把一部散文集架作彩虹桥，让一些心灵与另一些心灵久别重逢，相互慰藉。

其情若水。文章贵在以情动人，散文尤甚。人生路上一些开过的花儿，一些清凉或温暖的记忆，被若水视为浮世里的细碎沉香。十九岁时家门口的槐花香；母亲病重时省城的槐花苦；七月里偕子去往岛城，与故人短暂聚谈，思想与价值观“豁然明朗”时飘然而至的花香，娓娓道来，深情满纸。《若水集》的清雅秀丽正是来自本源性的生命表达：抒情记事，平平出之，徐缓舒卷，别有滋味。《岁月深处的感恩》一文，写了两位吕老师：教授吕家乡、编辑吕宗斌。前者我不熟悉，暂且不表；后者是我们当地一家报社的副刊编辑，当年我写的第一篇散文就是经其编辑后变成铅字的，那的确是一位敬业、负责任而令人敬重的好编辑。“在岁月深处，这些曾经帮助、教导过我的老师们，我都会记得。他们的真诚和善良，就像一盏黑夜里亮着的灯，在我身处黑暗时照过来……”若水就是这样一个人，生活中的点滴慰藉，她都一一珍藏。有一段时间，若水迷恋户外运动，一次夜登泰山，她竟然背了一块石头回来送我！那块青色泰山石圆润通达，腹部横贯一条白线，像一条河流在阳光下熠熠闪光。我把这份重量和情谊放进书橱，与汪曾祺、丰子恺们排在一起，看上去十分谐美。

其文若水。文本意识带动语言，散文之“散”在若水笔下，呈现向同一方向静静流淌的姿势。在细碎而驳杂的故事里，她不动声色地摹写世道人心。“这些光阴里的断章，这些藏在岁月深处的花香，都是我留给时间更是时间留给我的最好的礼物。”谁说不是呢，小城里的写作者不在少数，他们以“我手写我心”的初衷不厌其烦地记录着生活。切斯瓦夫·米沃什在《路边狗》一书中，以“一切没有被说出来的，注定要消失”之句，强调语言的力量；《散文》主编汪惠仁先生说，“野草的出路，在于长成它自己”。散文本就以其多元化的审美态势而拥有大量拥趸，正所谓见仁见智，人们对文学的审美，不会也不可能只是单一的载道、言志之类，更多的，是趋于精神生活的趣味提升。《若水集》从容有致的文字表达、不激不愤的情绪描写，像是一本在安静午后与故乡的对视之书：对村庄、对童年、对亲师，对于成长、对于感恩、对于喜悦。自然，世事并不完美。一条清澈小河，像是被时光蹂躏了，默默坐落在记忆一隅，由不得作者安然聆听对岸传来的伤感的笛声，转眼之间，小河跌入化工厂老板们黑洞般的欲望里……再见时，它已面目全非，甚而污秽可怖。如果说诗人写诗是为了让人生变得不完整，那么一个散文作者，只能成为只诊病情不开药方的“医生”，她对时代的病状是无能为力的。简·奥斯丁最敬佩的文坛前辈约翰逊博士说，文学的意义在于帮助我们更好地享受生活，或者更好地忍耐生活，如此，我们这些深深爱着文学的微末之人，便在精神世界里各自有了些神采。

其人若水。启功先生有一枚旧砚台，铭文曰：一泉之石取其坚，一勺之水取其净。若水终究质朴而厚道，在喧嚣不已的时代，她对同类的谦卑和善意，她持拙守正的秉性，正应了启功先生“作文简浅显，做人诚恒平”的主张。我与若水相识十年，文字自然是两人友情的正确打开方式，除此，好感引发关切，每遇其他，彼此或惺惺相惜，或相互鼓励，都将对方视为为自己找到的亲戚。我和她都经历过失去亲人的痛苦，当切身体会过眼睁睁看着所爱之人离去，才知道有多爱她（他）时，眼泪已经干涸了，唯有文字才能对爱进行清晰而清醒的表达。母亲的收音机，爷爷的年画，桐花盛放处的父亲，若水随物赋形的描写，像极了她的名字：若水。她不言过其实，不矫揉造作，她就是“我手写我心”。人们常说，要有一颗平常心，“平常心”是什么心？抛开佛家语录，我认为平常心是一颗洞察世俗又不为世俗所累的心。从这点来看，若水是一位智者，她懂得宽容慈悲、幽默豁达、宠辱不惊地看待世界，她的人生必是智慧人生。

最后一课

年岁渐长，对一些人和事的热情渐渐淡漠下去，每日做着必须做的事，吃着必须吃的饭，生活平平淡淡，心中快乐与否都不足与外人道。

许多人的日子都是这么过的，也没什么话说。

然而昨天，无意中听到的一个消息，还是让我坐卧不宁魂不守舍——尚老师去世了……

尚老师去世了。她是什么时候去世的，怎么去世的，我一概不知。而尚老师曾经在我个人人生观、价值观的形成过程中，起着至关重要的作用，我怎么可以这样不了解自己的老师？

尚老师是我高中三年的语文老师。关于那三年，关于尚老师教书育人的点点滴滴，乍然回想，只是一片薄薄的影子，我甚至不能确切忆起她当年的模样了。

夜里，辗转难眠。忽然想起五年前的师生联谊会，于是起床找出当时录制的光盘，放进电脑，找到尚老师发言那一段，反复看了几遍。光盘是五年前录制的，质量不是很好，有些画面和声音已不太清晰，但尚老师讲的主要内容我记下来了。其一，孔子曰：“不知命，无以为君子也。不知礼，无以立也。不知言，无以知人也。”一个人“知言”容易，“知礼”也不难，难的是“知命”，内心需要具备一份强大而又淡定的力量，那么，这份力量到哪里去找？“我来问道无余说，云在青天水在瓶”的典故想必大家都知道，需要每个人通过修行慢慢开悟。其二，同学们在事业取得成功的同时，要注重道德品质的培养，及时行善。其三，无论穷富，大家没有高低贵贱之分，人人平等。其四，在孩子的教育方面，要注重“如何做人”的培养，注重培养其乐观品质，培养其面对困难不退缩不惧失败的能力……

这是尚老师为我们讲的最后一课，是为我们的灵魂讲的课。当我们年逾不惑，品尝了生活，咀嚼过人生，心中依然有许多“惑”的时候，她朗朗如昨的语调，方正高大的形象，在电脑屏幕上闪闪烁烁。我不能确定是否应该说一说她后半生的“信仰”问题，因为现如今，身体早已不是隐私，灵魂才是。尚老师的后半生，灵魂被指引，走上了一条不归路。事实上，我们庸常忙碌的人生中，貌似平静的神色下，的确掩盖着九曲回肠的心事，心事背后那些难以言传的伤痛和秘密，天长日久块垒堆积。反观密集的人群及其纷繁的遭遇，谁又能做得了谁的灵魂导师？

尚老师是乐意为人的灵魂做导师的，她是有信仰的。为了那所谓的“信仰”，她葬送了自己和两个女儿。据说，她早已被单位开除，她那两个大学生女儿至今仍被监禁着。她们的所谓命运该如何去评判？面对庸常人眼中尚老师清凉微温的后半生，我能说些什么呢？一切都以信仰的名义，一切又都充斥着疲惫、怀疑、寂灭的况味。

过往的岁月，慢慢浮上心头。在我高中时代，尚老师还很年轻。她当时是民办教师，学校的课要上，家里的地要种。她丈夫是镇上的邮递员，整日在外奔波。两个年幼的女儿、家里家外、杂七杂八，都由她一个人经管着，硬撑着。那时她精力旺盛得像一头美洲豹，我们从没见过她面露疲态，她是一位坚强的女性。现在想来，尽管尚老师文化知识方面算不得腹笥丰赡学富五车，但作为语文老师，面对一群十七八岁的孩子，她对我们的思想启蒙教育、进取精神的激励作用是毋庸置疑的。记得她讲过曾国藩一段话："少年不可怕丑，须有狂者进取之趣，此时不试为之，则后此弥不肯为矣……"也就是说，她对我们的教育，并不是"乖乖听话、好好学习"之类的老生常谈，她更擅长的，是引导，是激励。

我们那届学生毕业不久，尚老师转成了正式教师，工资收入增加了，有保障了。后来她又调到条件更好的淄博市工作，丈夫、孩子的工作、学习事宜也一并在淄博安顿下来。按理说，她家经济条件越来越好，她应该像别人那样悠哉乐哉安享其中，可是，她竟然选择了"信仰"，并为此投入整个身心和全部热情。

当今社会政治领域、经济领域、文化领域，一些负面的人和事确实给人带来官能的巨大反感，进而造成心灵的巨大创伤，关键在于每个人的自我修复能力。以尚老师的生活经历和豁达性情，似乎不应该如此执迷不悟，可她执意致力于对这个社会的"救赎"……

生活中，人的行为有过度、不及和适度三种状态，这个"度"不好把握。尚老师是进到"过度"状态中去了，以至于她的家庭像被大水冲刷过，只剩了空。

我无意对尚老师的做法或褒或贬，也不仅仅是为了纪念，更想表达的，是一种自责。毕业二十多年，我从未去看过尚老师，而我高中三年，一直是她的课代表，我的作文多次被她当作范文在班上朗读，我应该与她有更深的感情，可是我没有表达。五年前，我作为同学聚会组织者之一，负责纪念册、通讯录、照片、光盘的分寄工作，但我已经记不清尚老师那一份到底寄没寄、怎么寄的、她收到没有。她家电话号码就在我办公桌抽屉里的通讯录上，可我好像一次也没打过，只记得师生联谊会结束时，我拥抱过她，这好歹给了我自己一点点安慰。

尚老师去世了，她的在天之灵应该是安详的，因为她最终坚持了她自己。那么，祝福她吧。

尚桂芹，生于1947年1月，家住淄博市辛店勇士区——通讯录上留有这样的信息。

第三辑　叶脉

采采芣苢，薄言袺之。

——《诗经·芣苢》

南北寺之恋

我们怀想的青春，充满了青草的气息。

——德怀特·怀斯

飞翔的自行车

1981年，我十五岁，考入山东省重点高中南北寺学校。这所学校属于邹平县第几高中也未可知，大家只叫管它叫“南北寺”。这是我校园生活中最勤奋、最精彩的一段时光，它就像人生驿站中一幅绝美的风景，永驻在我心灵深处。

到南北寺学校报到，是我第一次离开家人独自出远门。我和同学翠翠骑着大轮自行车，飞驰在从好生公社到临池公社的沙石公路上。秋日阳光投射到大片玉米田的绿色布景上，斑斑点点，影影绰绰，就像八十年代的一首朦胧诗。十五公里的路程不算太远，却要翻越数个大大小小的崖头。我们的自行车后座上捆着被褥、枕头，崭新的花枕巾醒目地放在最上面。两天前，我和翠翠到周村百货大楼买了脸盆、牙具、肥皂盒，甚至还买了一块花手绢。由初中走读到高中住校，全是新鲜的感觉。

两个小时后，我俩热气腾腾地赶到了那个陌生的地方。报到、体检、分班、分配宿舍……放下行李后，我和翠翠又把八十斤的体重重新放到自行车座上，一路探讨着是O型血好呢还是B型血好——刚刚体检时，知道我是O型血，体重40公斤——当然是O型血好，因为白求恩就是O型血，万能输血者！我沾沾自喜。而翠翠生出一些不快，她是B型血。不过她那不快很快就被秋风带走了。我俩在自行车上快乐地飞翔，就像电影《叶落归根》中夏雨撒开车把飞下坡那样。绿色的光影一层层向后退去，远了，又远了，少年不识愁滋味——我俩谁也没想到，学校当晚就开课，我们不应该回家，因而第二天返校后，被班主任毕衍明老师狠狠批评了一顿。

南北寺位于白云山脚下，依山势而建，因附近相毗连的两个小山村南寺、北寺而得名。大门向东建在最低处，走进大门约八十米，是宽宽高高的台阶，分七大部分一直通往学校最高处——建在半山腰的大操场。学校东边是一条通往镇上的沙石路，南边是一洼池塘，西边和北边是白云山脉。每天晚饭后，我们习惯到西边的山间小道上散步，口袋里装了小小的自制卡片，边散步边背诵英语单词。到了秋天，这里愈加丰美，柿子树核桃树山楂树，果实累累；桐树槐树白杨树，枝叶交相披展。穹庐蔽野，这满目的绿色是生命的颜色，是自然与爱给予南北寺的恩泽。

南北寺的学生大多来自农村，家境不富裕，很少有人能吃上炒菜，干粮咸菜伴我们度过了那段发育最快、课业负担最重的青春期。偶尔花六分钱买一根麻花打打牙祭、解解馋就已经很不错了。甚至无论春夏秋冬，除了吃饭时有点热水，一般情况下渴了只能喝生水。寒冬腊月，脸盆里的水常常结冰，所以早操铃声一响，有些学生也不洗脸，从被窝里爬起来就去跑操。罗曼·罗兰说:“清贫,不但是思想的导师,也是风格的导师,它使精神和肉体知道什么叫淡泊。”对于清苦的物质生活,我们不以为意,内心充满的,是对“远方”的热切遐想。

学校每个月放假两天,让我们回家补充给养。于是,十几岁的我们纷纷跨上形形色色的自行车飞奔,仿若春天的杨花,漫天寻找出逃的理由。

一场艳遇

米兰·昆德拉说过,我们注定是扎根于前半生的,即便后半生充满了强烈的和令人感动的经历。对于我个人的阅读和喜好而言,尤其如此。

我在高二上半学期,因为神经性头痛病,再也无法坚持坐在教室里,决意休学一段时间。我自己很清楚,这个头痛病主要源于对物理课的恐惧和无奈。我的数学和英语成绩遥遥领先,化学和物理成绩比较差,尤其是电学部分,电荷守恒定律、库仑定律、电势能的变化等,各种定理和公式我都背得滚瓜烂熟,老师在课堂上的讲解我也全能听懂,书上的题也基本会做,但是每遇考试,就很傻眼,总也得不了高分,总也不明白是怎么回事。当时的高中是两年制,转年就要高考预选,以我现在的物理成绩,恐怕凶多吉少。

英语老师却不同意我休学,我是他的“好学生”,他经常在班上拿我做标杆训斥那些英语差生。他把我叫到办公室,给我出主意说,你再坚持一下,还有几个月就要高考了,要是实在考不上,可以复读一年,这样的话,不但多了一次高考经验,而且算起来你整个高中用时也就三年,你想想,如果你休学,下一级已经由两年制改为三年制,总算起来最起码也需要四年时间,不划算的。英语老师叫王书魁,是一位青年教师,兼任南北寺学校的团委书记。他的苦口婆心丝毫没有打动我,于是他又把我最好的同学翠翠叫来，让她帮着劝我。他们哪里知道，物理这门课的压力对我而言，已是不能承受之重，我简直快要疯掉了。

休学的时候正值隆冬时节，淄川的大姐把我带到她家，说她家比较暖和又比较安静，利于我看书学习。

离开了熟悉的校园，一个人待在大姐家，感觉孤独又渺茫。

三个半月后，我重新回到南北寺。校园里万物复苏，令人欣喜。孙兆俊校长信手把我们几个休学生分配到各班，我被分到高一·二班，班主任是王远海老师，他是教物理的，并不欢迎我，遂把我安排在教室的最后一排。后面几排都是大个子男生，而我是女生，个子小，几乎看不到黑板，老师在黑板上写字，我需要站起来才能看到，感觉很尴尬。那个年代男女生之间是不讲话的。即便是班里的女生，也因为我刚刚加入，彼此还很陌生，没有人主动与我搭话，我一个人走在宿舍与教室之间，很孤单。

月考的时候，我在班里的总成绩是第二名，物理分数也不低。也许因为此，王远海老师给我调了座位，调到前面第二排。我的新同桌是位女生，叫王小溪。王小溪微笑着帮我收拾书桌，给了我莫大的安慰。我无意中瞥见她桌洞里放着一本《生死场》，很旧的书，封面是半黑半红的图案。老师在讲台上授课的时候，小溪就偷偷拿出《生死场》来看。她后来还给我讲解了那本小说。1998 年，我在一个旧书市场上看到荣光书局 1935 年版的毛边本《生死场》，就是小溪当年看的那个版本，毫不犹豫买了下来。重读《生死场》这本书，我发现作者更关心的是女性的身体本身，所以在我看来，封面上那触目的红色更像女性的经血。

可以说，王小溪对萧红的迷恋感染了我，她对文学的热爱也感染了我，我与她的相识等同于我与文学的邂逅，我自己将其命名为“生命中的一场艳遇”。

再见，同桌

诗是忧郁的载体。莫名的愁滋味让我喜欢上了两首诗，一首是波兰诗人密茨凯维支的《犹疑》，一首是泰戈尔的《世界上最远的距离》。直到今天，我对这两首诗仍然情有独钟。

除了写日记和诗歌，我开始学着写所谓的小说，当然是很幼稚的东西，基本都是从模仿开始，一步步加进自己想要讲述的故事和人物，情节稍稍跌宕，再点缀一些艳丽的句子，开好头，结好尾，OK！那时候，我订阅江苏版的《少年文艺》，安徽有位女中学生经常在上面发表小说，我特别喜欢，可惜今天已经想不起作者的名字。后来看到铁凝的中篇小说《没有纽扣的红衬衫》，便拿自己跟安然相比，其实安然的性格与我有很大不同，唯一相同的地方，是我和她在班里的人缘都很一般，尽管我们在班里的文化课成绩都是名列前茅。究其原因，安然是因为特立独行的个性，在我，也许与总是沉默寡言有关。

几个月后，要分科了，我又一次面临人生的重大抉择：选择文科还是理科。物理让我心有余悸，地理也是我不喜欢的一门课，尤其天文学部分，我总也学不好。怎么办？周围的意见也存在分歧，有的说，学好数理化，走遍天下都不怕；有的说，历史和地理知识更能体现一个人的文化修养。班主任对我说，你要是实在愿意学文科，也不要勉强自己，其实你的理化成绩并不差。听得出，他是希望我读理科的。最后，我自己想了个办法，先到理科班学上半学期，看期中考试成绩怎么样，要是实在不行，再转到文科班还来得及。结果，那次期中考试，我在全级部考了第一，一下子坚定了继续留在理科班的信心。

小溪也选择了理科，这是我没有想到的。我俩继续同桌，关系愈加密切。

级部第一的好成绩让我放下心来。课余时间，我开始看大部头的《红楼梦》，边看边记读书笔记。《红楼梦》里面的好诗句比比皆是，读书笔记写了满满一大本。在一篇作文中，高峰同学引用了《红楼梦》中一副对联“世事洞明皆学问，人情练达即文章”，被语文老师大大表扬了一番，让我对《红楼梦》这部小说更加关注起来。其实对于上面那副对联，我当时并不太懂，而且，即便人到中年的今天，我仍然做不到世事洞明、人情练达，性格中那些突兀峻峭的部分，没有随着阅历的增加而被磨掉，反而时时展露出来，依旧凭性情发散，褒贬无碍，最后的结果是：我的朋友更多了。

又一个春节过后，大年初五，我们按时回校上课。王小溪一直没来，让我好生纳闷。两周后，我接到了她从县城一中寄来的一封信，原来，她转学了！顿时，我感觉自己一下子被扔到了荒郊野外：小草是孤独的，风是孤独的，西山那边的落日也是孤独的……尽管小溪信中满含歉疚之情，说她并不愿意转学，是她父母悄悄给她办好了转学手续，她事前并不知情，请我原谅她的不告而别，但是，我此刻的忧伤与泪水，亲爱的小溪，你是看不到的……

最好的朋友离开了，孤独感油然而生。我常常一个人爬到山坡上去，走啊走啊，随手记下一些无病呻吟的小诗句，给小溪写信的时候一并附上。那一年，路遥的《人生》被拍成了电影，尽管我还没有观看，但对于“人生”这两个大字，似乎有了更深切的体会——人生就像一列奔驰的火车，沿途的风景就是你看到的那些人和事，看过了，也就过去了；错过了，也就永远错过了。唯有小溪是个例外，与她同桌不到一年，我们的友情却历久弥新。

我在高中阶段写的那些所谓的诗歌和小说如今已全无踪迹，脑海中留存的最深刻的印迹是高考失利的阴影。回头想来，理科也许真的不是最恰当的选择，那次级部第一只是命运跟我开的一个玩笑。是啊，人生的目标很难一次选准，拐个弯，或许会看到另一片旖旎风光。

放牛班的春天

一所学校，第一要紧的是它的教育功能，同时，学校又是一个非常重要的社会角色，它在一个国家、民族和社会中起着活生生的作用。而师者，所以授道解惑也，其自身的言行及其教学理念对学生影响深远。

我在南北寺遇到的老师都是独一无二的。其中，我们的语文老师叫尚桂芹，剪着短发，高高大大，走路像男人一样。她丈夫是镇上的邮递员，整日在外奔波。她又是民办教师，学校的课要上，家里的地要种，两个年幼的女儿要照顾……现在想来，作为语文老师，面对一群十七八岁的孩子，尚老师对我们的思想启蒙教育、进取精神的激励作用是毋庸置疑的……多少年后，看《放牛班的春天》这部关于教育理念的探讨影片，对其貌不扬的马修老师油然而生敬意，那些简单平实的电影情节，反映出的人性主题，让人倍感青春之美好。可惜，马修老师最终被校长开除了，我们的尚老师也已早逝且走得黯然，像一盏灯突然灭了。此刻，脑海中浮现尼采的一段话："教育是解放，是扫除一切杂草、废品和企图损害作物嫩芽的害虫，是光和热的释放，是夜雨充满爱意的降临……"遥想我们当年在南北寺的学习生涯，不免惆怅。懵懂与迷惑中，我们一步步走到了今天，三十年倏忽逝去，我们的学校教育是不是更加完美了呢？曾与作为教育工作者的老同学讨论过这个问题，也与堪称教育专家的朋友交流过，但对于当下我们的教育现状，见仁见智，莫衷一是。

1985 年，我在南北寺的最后一个春天如期而至。大家摩拳擦掌，准备着最后的冲刺。我却迷上了萧红、《红楼梦》和诗，学习成绩呈下降趋势。一天夜里，我被宿舍里跑来跑去的老鼠惊醒，再也睡不着，便拿了英语课本来到校园里高高的白炽灯下。夜很静，我环抱双膝坐在台阶上，看灯前飞蛾忙来忙去，孤独感、紧迫感袭上心头：高考在即，如果考不上怎么办？

如果没有考上黄河北岸那所中专，今天的我会过着怎样的生活？这或许是个伪命题，毕竟一个人不可能两次踏进同一条河流。乐观的是，在我成长的路上，阅读与写作始终相伴，我因此建立并拥有着自己的一个牢不可破的世界，它是不会受到环境或物质的影响的。在我的认知里，人生就是一个关于爱的寓言，爱的旅程中我们面临各种诱惑，而大量阅读，让我学会了反思、谅解和修补。

回望来路，心生感慨。一个人活着，将自己铸造成器是第一阶段，将才智贡献给社会是第二阶段，利己与益群两不可废。我们的生命本身是无意义的，必须通过成就赋予它意义。那么，我们活在世上，是混吃混喝做行尸走肉，还是通过努力，做最好的自己？这是个很好回答的问题，关键就看如何践行。

去年春天，约了做摄影的朋友还有电视台的两位朋友，陪我回了趟南北寺。我知道，作为“学校”的功能，南北寺的使命行将完结。但愿朋友们的镜头帮我记录下来的，不仅仅是它的一草一木，还有一个又一个青春的影子。当我在一排排砖瓦平屋间踯躅流连，看着荒废的校园，想起鲁迅的“百草园”，满怀的伤感无以言表——Ade，我的蟋蟀们！Ade，我的覆盆子们和木莲们！

古朴的瓦屋，幽静的校园，起伏的山野，碧绿的庄稼和果园，组成了我对南北寺的回忆与怀念。“南北寺”三个字以及它那份遗世独立的芬芳与骄傲，将永远与我们的青春镌刻在一起。

大平原上的诗行

诗歌，是怎么也无法回避的青春记忆。那所中专远离城区，孤零零处于荒野之上，就像一座十七世纪的孤独城堡。一望无际的大平原上，因为土壤碱化的缘故，树木、庄稼都不甚茂盛，秋风中，瑟瑟飞舞着的，除了大片苜蓿就是红柳什么的。学校宿舍全是一排排平房，与我家乡驻扎着的那所部队营房一模一样。我们宿舍共六人，小君与我同乡，关系自然密切。李丽身高 1.72 米，平时也像模特在 T 型台上那样走路，还说着半吊子普通话，身后经常跟着一大串模仿秀男生，简直笑死人。一次午饭后，小君不在，李丽开始没完没了地说她“坏话”。本来这是午睡时间，她的喋喋不休让人不快，更何况还是说我同乡的不是。实在忍无可忍，我皱着眉头说：“能不能闭嘴呀，还让不让人午休了？”她反唇相讥：“又不是说你，你插的哪门子嘴！”她竟然一下子冲到我床前来，呈居高临下之势——高中时，“大母马”马大美就这么欺负过我，难道在她们眼中，我就是好欺负的？谁怕谁啊！我二话不说，抓起顶门杠抡了过去……大概李丽绝没想到我是如此暴力，吓得落荒而逃，哭着找班主任去了。

我的中专生活以暴力开始，却并未给我带来“爽”的感觉。

国庆节快到了，“绿洲文学社”在橱窗里贴了一张诗歌大赛征文启事。闲着也是闲着，我把高中时写的一首长诗《自由鸟——献给我的祖国》改了改，送到了文学社。当时的文学社长叫李青春，高我们两级。他很潇洒，只是脸上长满了青春痘。他也有参赛作品，是一首分为五个章节的长诗《改革，伟大的升华》。最终，他凭此诗把一等奖收入囊中。我得了二等奖，这已足够让我喜出望外了。我的青春从此有了突破口。

后来，我专门买了两个塑料压膜立体笔记本，一本用作诗抄，扉页上是裴多菲的诗句，另一本记录我自己的习作，扉页上写着舒婷的诗行：与其在悬崖上展览千年/不如在爱人肩头痛哭一晚……

再后来，文学社长李青春约我谈事。原来，文学社要让我当副社长，受宠若惊啊！李社长分派的第一个任务，是让我起草一则纪念“一二·九”运动的征文启事。我当然带头参赛，写了一首题目为《使命》的诗歌。李青春还为我做了修改，确有点石成金之功效，我很佩服他。

校报“春之声”、校刊“绿洲”上经常发表我的诗作，开始有人称我“诗人”，一年后，我当上了校报、校刊的编辑。这时候，又一批新生走进这所校园。于是几位师弟、师妹经常过来“请教”，其中两位小伙子更是频繁来访。我与他俩谈北岛、舒婷、王小妮，谈三毛、席慕蓉、周国平，谈意识流、伤痕文学什么的，那个年代，谁会不爱文学不爱诗歌呢？

让我醍醐灌顶般惊醒的一个人出现了，她就是翟永明。一张对丌的《诗歌报》上，印着一双惊恐、宿命、漂泊的大眼睛，那沉郁幽寂的面孔，是夜，是黑色——她让我明白，原来，诗歌可以这样写！

还有顾城，他的《一代人》也影响了我们这代人。

黑夜给了我黑色的眼睛
我却用它寻找光明

反复琢磨这两句诗，觉得如此强烈的个性、如此固执的人生追求，原本应该能够生发出无限创造力，可惜，诗人命殒激流岛，引来众多非议，远不如海子走得清净。

中专三年，诗歌充分潜移到我的性格中，将我默化为大平原上的一句诗行。对我来说，这是幸还是不幸？

青春的旋律

刚读中专时，班主任把我们七个人叫到办公室，让每人填一份表格。很简单的两栏：高中时所任班级职务，现在希望的班级职务。我喜欢自由自在，不愿担任任何职务，就没填。不过，班主任还是让我当了团支部的组织委员，负责收缴入团、入党申请书什么的。同桌彭红在新生联欢会上唱了一首朱明瑛的《大海啊，故乡》，技压群芳，理所当然当了文艺委员。

彼时，台湾校园歌曲正风靡一时。女生们唱着《穿过你的黑发我的手》，高跟鞋“嗒嗒”响过，只留一串美妙的音符让人怀想；男生们的鞋后跟上钉着厚厚的铁掌，与水泥地面“哐哐”相撞，喇叭裤角磨得七零八落，头发烫成齐秦那样的爆炸式，活脱脱一群来自北方的狼。学校广播站天天播放《是否》《一样的月光》《请跟我来》，以至于我这样五音不全的人，也在歌声中天天带着梦幻的期待，无法按捺住某年某月某一天，或许会收到一串水晶珠链的浪漫情怀。

彭红不像我那样浅薄。她也唱流行歌曲，但不局限于流行歌曲。她唱苏格兰民歌《友谊地久天长》，她喜欢《尼罗河畔的歌声》。她让我们感知异域风情的同时，竟然在心里长出一朵有着淡淡忧愁与哀伤的花来。是的，人生中最严肃的事情——高考，已然过去，我们的生命需要更大的空间。我们写诗，看电影，不妨也试着感受音乐之美。而彭红，责无旁贷做了我们的引路人。每晚二十分钟，她教我们唱歌，并对歌曲背景作简单讲解：想想吧，在遥远的苏格兰小镇，一群老友，他们曾经终日游荡在故乡青山上，也曾历尽苦辛到处奔波流浪，一朝重聚，在那回忆的时辰，他们将带着怎样的情感唱起这首《友谊地久天长》？……彭红是蓝天上一朵洁白的云，她徐缓的生命流程悠然自得。她唱《相聚》，唱《兰花草》，那情动于衷的歌声与其天性和谐一致，令人仰慕。

又一个新年来了。支部书记李子林征求大家意见，学校新年晚会，我们出什么节目好呢？毫无疑问，彭红的独唱是少不了的。但她不愿一枝独秀，她希望大家一起走上舞台。彼时，迪斯科之风刚刚吹到这座北方城市，那就跳舞吧，跳迪斯科！《月光迪斯科》《战地迪斯科》《拍手迪斯科》，迪斯科舞曲多得是！但彭红独辟蹊径，选了一首刚劲中暗藏优雅的舞曲《青春的旋律》，并从另一所大学请来了舞蹈老师。于是，那些个冬夜，我们十二个人甩掉棉衣，狂歌乱舞，热力四射。“我的心上人，请你绽笑容，陪我轻轻唱，翩翩起舞忘忧愁。你可知道这天的夜晚，我心在等待？在这迷人蓝色星光下，对你情深似海……”我前几天刚好看了美国电影《歌舞青春》，不由得想起我们的《青春的旋律》，何其相似的青春，何其相似的美妙时光啊。

无疑，彭红是舞台上的公主，也是我们心目中的公主。她不但喜欢唱歌，她的学习成绩永远排班里第一名。她严谨、自律、有理想，对校园里无处不在的恋情不屑一顾，从不回复男生们悄悄放到她桌洞里的求爱信，致使那些落魄的人儿总是酸溜溜地对她说三道四——他们在暗恋葡萄的同时，竟然狐狸一般卑鄙地贬低葡萄的质量。这句话是一位作家说的，真是恰如其分。现在想来，彭红实在是个有主见的人，不管别人如何以放纵、反叛、另类的方式挥霍青春，她永远按部就班做自己该做的事情。她最早报名参加全国自学考试，并在我们中专毕业前夕，顺利拿到了大专毕业证书。而我，是在参加工作之后，才终于明白文凭与职称晋升之间密不可分的关系，可惜已经太迟了。与我同年参加工作的本科生们，顺利地晋了中级晋高级，我这样的“半头砖”，只能跟在人家屁股后面，捶胸顿足望洋兴叹而于事无补。

不管怎样，“风车在四季轮回的歌里它天天地流转，风花雪月的诗句里我在年年地成长”，《光阴的故事》记录着我们曾经的成长岁月。谁说青春于所有的人都是一样的情怀？假若我们至今不知道“什么时候蛙鸣蝉声都成了记忆”；假若我们对“发黄的相片古老的信以及褪色的圣诞卡”没有感觉；假若生命中从没有过“那看似满不在乎转过身的，是风干泪眼后萧瑟的影子”；假若我们从不知道罗大佑的名字，那我们的青春还能叫青春吗？

昨夜月圆。刚从国外出差归来的彭红，忙里偷闲打来问候电话。我望着窗外的月光，心潮难平。“一样的尘埃一样的在风中堆积，一样的笑容一样的泪水，一样的日子一样的我和你”，真是一样吗？曾经年少的美丽曾经浪漫的情怀曾经熟悉的往日，都在光阴的故事里发生着改变，改变了一个人、两个人，改变了我们的一生。当我在回忆中重新构架我们的过去，当我在虚幻里感知属于自己的真实，我知道——我深深知道，青春的旋律其实是不一样的。

当然，如果愿意，我们也可以聊以自慰地说，我们踌躇、迷惘、幻灭的青春，同样散发着魅力。

一个理科生的文学梦想

一

鲁北平原的景色中，红柳是不得不提的一种植物。与我家乡的土质不同，这里的土壤碱性大、沙化，又因为地处黄河岸边，地下水充沛，而红柳恰好喜低湿而微具盐碱的土壤，故而放眼望去，荒野上只有大片的红柳蓬勃旺盛，偶尔会看到一小块一小块的棉田。大片的粮食作物是没有的。这也是这个地区农村经济相对落后的原因之一：不长庄稼。

仿佛该期望的都期望过了
仿佛再期望的也不会来

这是高中同桌王小溪随信寄来的诗歌《夕阳红了》中的两句。她在泉城读本科，我在滨城读中专，她眼里的色彩是五彩缤纷的，而我只能

“看白花花的土地，看河里浑黄的水”，心情灰暗无比。

一所差得不能再差的中专有什么可读的呢？因而恋爱现象在这所校园里比比皆是，禁是禁不了的。好在，我的爱好中还有看闲书、写诗、打乒乓诸如此类的东西，不至于像那些还来不及弄懂情为何物即落入情网中不能自拔的小女生那样，整天梦游似的缺乏阳光照耀。

那段时间，我与小溪的诗歌交流极为频繁，她写了一首长诗《心的独白》，我也写了一首《荒原》与之相唱和，当然，我没有小溪写得好。

既然这所中专是我极不希望读的，我也就不拿它当回事。然而正如人生之三大悲剧：你得不到你想得到的；你得到了你不想得到的；你得到了，又轻易放弃了，后来却发现原来它是那么重要。正是这无所事事的三年时光，让我与文学结下了不解之缘。记得当时在一份杂志的广告中，看到省城有一份新创办的纯文学刊物，交二十元钱即可成为其会员，会员作品优先在该刊物发表。那份刊物的名字已经想不起来了，只记得交了二十元钱后，我寄去的所有作品全部石沉大海。那时候的二十元钱是个不算小的数目，能买一条连衣裙、一条牛仔裤和一双塑料凉鞋，也是家里给我的一个月的零花钱。所以，那份刊物在我看来，就是钻了文学热的空子，存在骗钱嫌疑。

“疑此江头有佳句，为君寻取却茫然”，私下里写诗与诗歌在正式报刊上发表，中间夹着一道鸿沟，那边的美丽风光忽焉近在睫前，忽焉远在天边，让人难以捕捉。

二

能在正式报刊上发表作品，一直是我的梦想。当时有一份非常有名的报纸《诗歌报》，被诗歌爱好者们奉若经魁。我们学校的王锋老师就在《诗歌报》上发表过组诗，当她的诗与翟永明的诗出现在同一期《诗歌报》上时，我对她崇拜得简直是五体投地，每次在校园里见到她，都激动得说不出话来。

功夫在诗外。要想写好诗，不仅要看诗、学诗，各种体裁的东西都要看，各种题材的作品都要涉猎。博大精深的外国名著中，我最喜欢英国文学，除了勃朗特姐妹的作品，托马斯·哈代的《苔丝》也是我非常喜欢的一部小说。法国名著中，雨果的《悲惨世界》和《巴黎圣母院》当然要看，大仲马的《基督山伯爵》、小仲马的《茶花女》也是必须看的。俄国文学中，我主要看了托尔斯泰的几部小说，《安娜·卡列尼娜》中那句“幸福的家庭都是相似的，不幸的家庭各有各的不幸”，被我们宿舍演变出一种崭新的口头语，比如：快乐的男生都是相似的，忧郁的男生各有各的忧郁；比如：甜蜜的恋情都是相似的，苦涩的恋情各有各的苦涩。

担任校刊《春之声》编辑后，我经常在众多来稿中发现一些“珍珠”。八六级一位女生送来一首十四行诗，读来特别有韵味，我便开始关注起“十四行诗”这种格律严谨的抒情诗体，并从其他学校淘换到一本著名的十四行诗集，即《白朗宁夫人爱情十四行诗集》，那首《我是怎样的爱你》千回百转，让人过目难忘。要说的是，我们那所小小的中专，根本就没有图书馆，所有书籍都要从个人手里借阅，很不方便。

忽然就得到一个好消息：我的一首诗在报纸上发表了！一位姓夏的师兄，与我同在《春之声》编辑部合作过，他毕业后被分配到家乡的县委宣传部，经常与报社打交道，他把我写的一首诗《日子》给了报社，竟然发表了！收到他寄来的报纸，乍一看到自己的诗终于变成了铅字，激动之情自不必说。但是冷静下来以后，仔细看看同一版面上别人的文章，不得不承认，我的写作是很幼稚的，模仿的痕迹也很明显。

的确，“八十年代”这个关键词是与“文学”二字连在一起的。曹明华的《一个女大学生的手记》、周国平的人生哲思小品文，被各种杂志争相刊发，我的一本读书笔记，差不多全是抄录的他俩的文字。那时候还出现了一个新名词：意识流，其代表人物就是王蒙，他的《风筝飘带》《夜的眼》《蝴蝶》等小说，曾在社会上引起争议。现在看来，又有什么呢？人的意识在文字间流动，心理随情节变化，作者的直感性和直觉性通过小说中人物的感觉、情结、想象、联想、梦幻、内心独白等形式加以展示，不正是著名的普鲁斯特早在几十年前就采用的手法吗？

三

每一个令人心旌激荡的梦想实现后，往往是最平凡的真实。我的真实就是，我写的东西一直在低水平徘徊，最需要的是多读书、辟蹊径，争取为笔下的文字增加一些重量。

能够找来的书，大多都是外国名著。那年代，国内有影响的书更多的是诗集，除此，记得的，有老鬼的《血色黄昏》，有程海的《热爱命运》。记得鲁迅说过，中国书要少读，应多读外国书。他的意思被人解读为：中国的语言是被污染过了的，是奴性的语言。作为一名理科生，我自认为读过的外国书也不少，却似乎仍未逃脱卑微的语调，“我们极容易变成奴隶，而且变了之后，还万分欢喜”。凡此种种，在先哲鲁迅那里，不幸总是一语成谶。

在他人引荐下，我前去拜访散文家李登建先生，他在滨城一所大学任教，一家三口住在一间小平房里，很是逼仄。看了我带去的几首诗，他未做评价，而是拿出当地一位诗人的两首诗，给我讲解起来。他说，你看这首《冬日的恋情》，我惭愧我没有一朵瑰丽的花 / 装点你苍白的梦境，这句是有双重含义的，一层是写实，冬天里大雪弥漫，确实看不到瑰丽的花朵；另一层意思是写她在感情中，总觉得不能为恋人呈现更加丰富多彩的世界……李老师还提到舒婷的《神女峰》，说诗人一定要有自己的个性，别人都在称颂神女的忠贞，舒婷却说："与其在悬崖上展览千年/不如在爱人肩头痛哭一晚"，心灵独具又合情合理，这样的诗才算是好诗……

对我而言，舒婷已是高山仰止，而北岛的才情与灵魂，他那深邃的、充满力量的、让人难以忘怀的诗句，如此凝重而纯粹，像一缕晨曦穿射进思想洞穴。

> 告诉你吧，世界
> 我——不——相——信！

由此，我们明白，北岛之所以多次获诺贝尔文学奖提名，成为当今影响最大、最受国际承认的中国诗人，与他的勇气、他坚持的信念密不可分。那么，我等普通小人物，又怎么可以与之相提并论呢？也许，我们的平庸，不在于艺术水平多么低，更在于思想深度远远不够。文艺评论家傅雷指出：中庸、苟且、小智小慧，是我们的致命伤。

四

一夜之间，琼瑶的名字响遍校园里每一个角落。我无意中借到一本《彩霞满天》，立即被其散发出的文艺气质所吸引。的确，琼瑶的小说不仅迷住了我这样的"文艺女青年"，所有同学都被其深深吸引。现在再回头看琼瑶，觉得她的爱情王国太过理想化，冲昏了我们那帮年轻人的头脑，以至于恋人之间，有意无意总得闹点动静出来，似乎才够惊心动魄。当然，琼瑶的书即便满纸皆为"我为卿狂"的造作，而且，当我们老来终于证实了那些撕心裂肺的恋爱故事，不过是年轻人一场又一场平常不过的游戏而已，我们还是应该明白，琼瑶在我们的青春中，是无论如何也绕不过去的岛屿。

与琼瑶相比，三毛的散文、随笔，影响力可能会更持久一些。以我为例，我买的二十多本琼瑶的小说，如今早都不知去向，我也肯定不会再去购买。而三毛的书，记得我买的第一本是《稻草人手记》，至今还在我书橱里放着。除了文字，三毛吸引我的，还有她的生活方式——自由自在地流浪，自由自在地恋爱，自由自在地活和死——生与死，快乐与苦难，蕴含在每个人体内，总有一天我们都会与之遭逢。1991 年 1 月 4 日，三毛自缢身亡后，作为纪念，我购买了哈尔滨出版社出版的全套十九本《三毛全集》收藏起来。

中专毕业的时候，除了被褥和日用品，我的行李箱里最多的就是书了。那么，心里呢？满满的，是离别的伤感。那种说不出的痛，至今丝毫未减，哪怕二十多年来，我其实并不知道该为谁痛、为什么痛。

五

人，为什么活着？罗素说：三种单纯然而极其强烈的激情支配着我的一生，那就是对于爱情的渴望，对于知识的渴求，以及对于人类苦难痛彻心扉的怜悯。

离别也离别过了，伤感也伤感过了，所谓青春，在你走上社会的那一天，就意味着结束了。如愿以偿被分到家乡小城工作，眼中的世界却是完全不同的模样。岁月无尽，人间全部更换了角色。躺在单身宿舍的单人床上，手捧一本诗集，常常迷失在过往岁月中，那不顾一切扑在天花板上的，是一层一层记忆的灰尘。

看书，只有看书。没有电视，没有网络，没有爱情，一个单身女子，还能做什么呢？

那段时间里，我看的是海明威。《太阳照样升起》《永别了，武器》

《丧钟为谁而鸣》，一部一部的战争悲剧在海明威笔下发生着。除了海明威，我对法国浪漫派小说家乔治·桑也很有兴趣。《笛师》和《魔沼》都不是她的代表作，但我很喜欢。这位抽雪茄、穿男人衣服、有一双忧郁眼睛的女作家，在我看来，似乎更应该称其为政治家和社会活动家，她用作品攻击资本主义的财产制度和婚姻制度，进而提出空想社会主义的理想，以空前的胆识和魅力征服了包括肖邦、缪塞、梅里美在内的一大批著名人士，堪为女性之翘楚。

海明威也好，乔治·桑也好，他们的写作都与个人所处的时代有关，记录的其实都是周边的生活和人事。那么，我们周边的人和事，不也一样可以由我们记录下来吗？写作目的已经明确，故事人物就在那里，所需要的，就是写作技巧了。我单位斜对面就是文化馆，因为早就认识创作员孙嘉麟老师，是以晚上经常去他家讨教。遗憾的是，半年后他就被癌症夺去了年轻的生命。之前，他介绍我认识了大名鼎鼎的王红先生——小城所有的文学爱好者，几乎全都围绕在王红先生周围。“只有文化和历史活着，一个国家才活着。”这是阿富汗国家博物馆大门上的横幅，我们的学者王红先生，就是一直在为小城的文化和历史活着，同样，他的名字也必将为小城的文化和历史所铭记。

1991 年，我步入婚姻殿堂。婚后看了一批有关两性的书。记得的，有瓦西列夫的《情爱论》、西蒙·波娃的《第二性——女人》、A.A. 洛基诺夫的《男人和女人》、朱利叶斯·法斯特的《体态语言》、德斯蒙德·莫里斯的《裸猿》以及李乔和晓民合作编写的《现代妻子爱的艺术》，还有弗洛伊德一些言论集什么的。婚姻是什么？最基本的要素是一个男人和一个女人，两个人相处需要艺术，需要技巧，也需要美。1992 年，我怀了孩子，行动多有不便。彼时我挺着肚子参加自学考试，参加首届全国会计师考试，听文学课，参加创作笔会，写诗，投稿，生活理念没什么改变。1994 年，我写了一篇散文《初恋的背影》投给《齐鲁晚报》，那应该是我第一篇正儿八经的散文，写的是我一位老同事的初恋故事。这篇小文章见报后，引得我那位老同事思绪万千，性格开朗的他一度变得沉默寡言。对于过去的感情，对于初恋，谁又能真正做到心平如镜呢？

从此，我对写散文有了信心。

六

进入二十一世纪后，网络时代轰轰烈烈地到来了。阅读者可以随便在网上浏览某一本书，写作者可以随便建立自己的文学园地，即时即刻发布自己的东西。网络让人最便捷地获取所需，促进了社会的进步。但也带来一个新的问题，即阅读的选择性问题。网络上的东西确实是良莠不齐，让人眼花缭乱。久而久之，我开始适度拒绝网络，重新拿起书，享受传统的阅读方式，享受内心的宁静。

1904 年，卡夫卡在给波拉克的信中写道："好书必须像一把利斧，一击便能敲开我们冰冻的心海。"我不认为这样的"冰斧"是唯一的，我也不认为开卷有益，现在市面上有些书不但无益而且有害，我认为读者和作者的相逢是一个因缘，是一个类似偶然实则必然的因缘。基于此，我的阅读是随遇而安的，喜欢《傲慢与偏见》就反复看《傲慢与偏见》，不喜欢《金色笔记》就让它在床头睡大觉，半年看不完一部《追忆逝水年华》，就先拿起《生活在别处》，总之，读也好，写也好，自由自在就好。

至今没有接触却心心念念的，是奇幻诡异的拉美文学。马尔克斯的《百年孤独》、博尔赫斯的诗歌和散文还在那里等着我，总有一天我会向它们走去。

至今不敢正式着手的体裁是小说。小说有小说的基本写作规律。每每想象那些复杂的人物、曲折的情节，总是一团迷雾样。也想象过一只蝴蝶拍打着翅膀，穿过迷雾，恍若从前世飞来，停留在我的笔下，这时我却感觉绕树三匝无枝可栖，事情也就到此为止。不是我欲言又止，而是我力所不逮。不过，我的热情还在我体内，与年少时候并无二致，如果机缘巧合，也许她会开出花来。

四月的黄昏

四月的黄昏
仿佛一段失而复得的记忆

——舒婷

车过黄河大桥，滨城的夜色映入眼帘。这时的东方，一轮满月正漫过河堤上密密的白杨树梢，一点一点升起来。我的感觉更加美妙，急于参加同学聚会的心情，像这个季节一样摇曳生姿。

我是中午接到同学电话的，她说时间太仓促，就只搞一次小小的聚会吧。其实我当时非常忙，公司的财务报表、税务报表必须在当天交到税务大厅，还有一些增值税发票认证之类的琐碎工作。但我还是一口答应下来，为了一个美好的记忆，急切地赶赴这个春天的约会。

华灯初上，大家早已在酒店等候。满满一桌子男生女生，热烈鼓掌欢迎我这个远道而来的人。我们仿佛又回到了从前，彼此无所顾忌开着玩笑，女生们撒娇般捶打着男生，逼他们喝酒，假若对方胆敢不从，大家马上群起而攻之……那一晚，我们都喝醉了。

次日醒来，晨光早已漫上房间的阳台。匆匆用罢早餐，我们便去了城南公园——蒲园。十六年前，她几乎是我们每个周末的必选之地，那时候的许多照片背景都选自于此。

蒲园里的紫荆花正灿烂地开放。回忆我们的青春，也像串串紫荆花一样肆无忌惮地绽放过。在幽径深深、花红叶绿间，年轻的我们衣袂翩然笑语盈盈。我们喊叫着追逐蝴蝶，故意地拥来搡去，开怀大笑着跌坐在草丛中，不屑一顾着男生们的好奇目光。光阴它带走过去的故事，改变了一个人。我们早已为人妻母，拥有着成熟女性的风韵和优雅，拥有着在男人面前的那种漫不经心以及什么都能看穿的微笑和从容，内心里却总有着仿佛失恋者哀伤的怀想——人生的四季，风景的确不同呵。

与蒲园一堤之隔的是蒲湖，一个很大的湖，水光潋滟，波光粼粼。那个红色木桩的亭子一如往昔。记得当年在校时，另一所大学的一位男生一次次去看我，却始终羞于提及他的真实意图。他约我去蒲园滑冰，去蒲湖划船，去电影院看《罗马假日》《魂断蓝桥》。在我父亲突然去世、我爱的人也离我而去的一个黄昏，他陪我坐在蒲湖的这个亭子里，任凭时间一分一秒溜走。风，吹乱了我的头发，眼泪止不住流淌。他站在上风处为我挡着风，月白色风衣衣角在风中荡来荡去……直到毕业，他终于没有说出那个字，我也松了一口气。时至今日，我们一直像普通朋友一样平和相处，那份深厚的同学情谊，就像这个清香四溢的四月一样值得珍惜。是啊，在真实的友情面前，纷繁忙碌的我们有什么理由不像每一朵花那样，轻松享受自己的花色、花形和花期。

午饭后我们去了母校。母校是一棵枝繁叶茂的大树，在生命的枝叶间，融合了我们三年的青春和梦想，那绿荫在每个人心头不时伸展枝条，牵动我们的思绪和脚步。

在母校流连两个小时后，我们默默离去。

回到自己居住的小城，我更加喜欢独步于春日的黄昏，偶尔采几茎野花插在头上，一路哼着蔡琴的歌儿回家：忘不了你的泪，忘不了你的笑，忘不了落叶的惆怅，也忘不了花开的烦恼……

多好呵，四月的黄昏。

四月往事

难得这样一个清闲的下午。短暂午睡后起床，沏了一杯龙井——刚从杭州带回来的新茶。尽管自己并不喜龙井的味道，只为那一泓碧绿十分养眼，就沏了一杯放在书桌上，兀自看那缕缕淡绿气体在房间里氤氲。这一刻，只见窗外蓝天干净得一尘不染，法国梧桐的新叶也干净得一尘不染。是啊，又是一年春满园。“人生的岁月，如流水一般地过去。”张恨水一声轻叹，一抹淡愁飘然而至。是了，四月将尽，芳菲的踪迹渐行渐远。听说山上的槐花开了，香气日夜弥漫。我要去的，不能再错过了。否则，四月就全变成往事了。而一个人，总絮叨一些往事，易心生倦怠，谁不想生机勃勃往前看呢。

然而，往事总让人记得。

那一天，那个人打来电话，嘻嘻哈哈着开了几句玩笑，没有说出的，或者不能说出的，都在心里——我是说，在我心里。对方心里是否有，我不知道。多年来一直如此，他偶尔一个电话打过来，说几句话；或者，我一个电话打过去，一般情况下他会把电话挂掉，然后再打回来。他开玩笑说，给你节约点电话费——这个人，心细且多情，只可惜，用情不够专一。有时候在电视、报刊上看到李亚鹏，就会想，用情不专的男人，竟然活得如此滋润，不公平。不过，也有人说，爱情，唯独爱情，谈不上公平或不公平，爱情的每次发生都是双方渴望且从中受益的，都是值得的。当爱情来临时，谁都可能像张爱玲那样，宁愿为他低到尘埃里去……总而言之，四月的黄昏，他的一个电话，已变成往事。

当然，四月里的花也在怒放。几个朋友相约桃园酒馆，“开轩面场圃，把酒话桑麻”，国内国际天文地理阳春白雪下里巴人上下五千年，无所不谈。道同，则相为谋。所以酒这东西，确实很奇妙，它能把人内心深处形而上的东西慢慢钩挠出来，于是乎大家愈发地豪气干云，直把一桃园的酒客全部熬走，只剩得我们这一轩人还在把酒言欢，煮酒论道。

四月里的天气是变幻不定的，心情也就相跟着或阴或晴或冷或暖。一位诗人不是说过吗，四月是最残酷的季节。诗人名叫艾略特，英国人。我断章取义拿这一句话出来，只是为了配合自己的心情。的确，四月里总有许多说不清道不明的烦恼。好在，四月里落花无数，忧愁与烦恼也就落花一般随风而去；又好在，“落花谢了一朵又开了两朵，流水携着新雨又流了回来”。事物大都是这么辩证着的。

契诃夫谈论写作与人生说，开头总是满当当的许诺，中段便变得皱巴巴怯生生，到结尾烟花一场。这句话用到四月份倒是蛮恰当。不是吗，你看，四月马上就要变成过去时了，回首那些遇到的人和事，绚烂过后，不就只剩了这一点烟尘一般的回忆吗？

关于日记

我十四岁那年，好生人民公社通过考试，选拔了一批优秀学生组成重点班，单独安排了一处校舍，选了最好的老师对我们进行封闭式教学。现在想来，那该是公社教委倾注全部人力、财力、物力而为的一项重大举措，目的只有一个，争取让这个重点班在一年后的中考中取得突出成绩，从而改变好生公社教育成绩落后的现状。

可惜，我们当时并不清楚自己竟然肩负如此重任。我还在念念不忘我原先就读的二槐联中，并且偷偷跑了回去，找到原来的班主任刘玉华老师，要求继续在她班里上课。刘老师当然很高兴我回去，只是担心重点班不会放我。事情果真如她所料，不出一天，重点班班主任石光昕老师又把我找了回去。

石老师教语文。他是一位出色的语文老师和班主任，正是在他的谆谆教导下，我开始养成两项好的习惯，一件是每日刷牙的卫生习惯，另一件是每天记日记的写作习惯。

重点班的学生大多来自农村，多数人原本都不刷牙。作为班主任，石老师要求每个学生必须准备一套牙具，每天都要刷牙。也就是从那时候开始，我越来越觉得，洁净的牙齿对一个人的整体形象而言，真的很重要。

日记本也是在石老师的要求下准备的。一开始是作为作业，每天搜肠刮肚写一点；慢慢地，写日记变成了习惯；再后来，写日记就是生活中的一种“必需”，酸甜苦辣咸、忧与乐、痛与爱、所得与所失，诉诸笔端的过程，亦是自我整理的过程，确实是个好习惯。

我们那一届重点班，最终的中考成绩实际上并不特别突出，好在大多数同学考上了重点高中，后来又都考上了大学或中专。在我看来，更重要的倒是那些小细节对我们日后生活的影响，比如用普通话朗读课文，也是石老师提出的要求。前几年，我在单位组织的演出活动中做过几次报幕员，得益于我能讲几句普通话，当然，“矬子里面选将军”罢了，我的普通话远远达不到标准。石老师后来弃教从政，在领导岗位上做得有声有色。现在，石老师已退居二线，又被某集团公司聘请做了副总，企业管理工作亦是做得风生水起，很是让人敬佩。

读高一时，我的同桌叫王小溪，出身书香门第，虽比我小两岁，阅读过的书籍却比我多得多。我俩都有日记本在各自的桌洞里，从来不相互偷看。青春的秘密是不能示人的，日记本——也只有日记本能够承载真正的秘密。正因如此，当我的日记本被他人偷看并被传播之后，内心遭受的伤害已经是日记本无法容纳的了，于是小溪成了我的听众。记得是一个春天的夜晚，我流着泪对小溪诉说了同学们对我的误读以及我心里天大的委屈。小溪郑重地保持沉默——她是个善听善记但不善言的女孩，也因此，我不能确定她是否理解青春的含义，她才只有十四岁。事实上，她情感的丰沛远在我预料之上——这是后来我俩为了表示信任，相互交换日记本之后，我才发现的。看了小溪的日记，我才明白，写日记也应该像写作文一样，开篇布局、遣词造句、人物情节、起承转合，样样马虎不得。小溪品学兼优，高考时很顺利地考上了大学。她现在与朋友合伙开着一家外贸公司，业务繁忙。我们联系不多，但有些人，是你永远牵挂着的。

中专毕业时，我的日记已经写满三十本。记得是一个周末，在农村老家的院子里，在母亲的默默注视下，我把那些日记本统统付之一炬。我叔叔飞奔到火堆旁要把本子抢出来，被母亲制止。母亲永远理解女儿，她知道我正为情所困，尽管我对她只字未提。

写日记的习惯还在继续。日记本又积攒了许多，也不再认为火焰会烧掉曾经的一切。现在，那些尘封的往事都在一只皮箱里存着，我没有时间翻检过去，也许，当我老了的时候，我会晾晒它们；也许，它们将永远被尘封于我一个人的记忆之中。

我的小城

风景在远处。于是乎我们总是欣欣然去远方旅游，只是，游罢归来，卸去一身摩肩接踵的喧闹之后，又似乎觉得，最好的地方还是自己的家、自己的小城，这个叫邹平的地方。这地方仅仅用眼睛去看是远远不够的，对于我的小城，得用心细细品味，不宜走马观花，不能匆忙了事。

比如在四月的黄昏，为了一段失而复得的记忆，何不到黛溪湖边走走呢？眼前垂柳依依，湖水旖旎，万般缱绻。空气中弥漫着栀子花香，湛蓝的天空中飘着一朵、两朵白云。这难得的春天的气息，暖意融融，令人愉悦。这时候，我的小城是杨丽萍，是孔雀杨丽萍。她的美是宽泛的、不拘泥的，其美妙之处不在于她多么富庶、多么繁华、多么气派，而在于她整体洋溢着的那种洁净、静谧、质朴与安闲。

大自然是这般垂青于我的小城，又有什么能阻止我走遍她的角角落落？南山脚下几丛迎春花，黛溪湖畔两株蔽日大树；春天的绿柳，夏日雨后初霁的街道，秋月夜天幕的澄澈以及冬天雪停了，阳光为山坡镀上一层甜美的红云……谁又能怀疑，我眼睛里的爱不是真实的呢？

许多年来，小城一直默默地守着我的爱，我的过去和我的现在。

往昔的回忆使我们激动
我们重新踏上旧日的路
一切过去的感情
又重新活在我的心里

那时候我刚刚结婚，生活拮据。好在贫穷有时也会让人更加相爱。比如，清风明月不要钱，年轻的我和我年轻的丈夫就把一松一竹当作朋友，将山鸟山花看作兄弟，我们满足于去野外听蛙声鸟声，闻草香麦香，心灵中充盈的，是灿烂的阳光。

而今，我的眼角起了涟漪，但回忆却丝滑般静美。

是的，生活中可以没有诗人，但不可以没有诗意。或许有人以其圆滑与世故讥笑我们为人为文的单纯幼稚，我不在意。也不会因此厌倦这庸常的生活。春暖花开了，叶落雪飘了，我们没有理由拒绝欣赏四季之美。看哪！秋天来了，小城边缘的大田里一畦畦四散开来的渥绿而又壮硕的玉米以及颀长挺拔的高粱，一排排整齐地一直伸向远方。田间地头高高挺立着向日葵，阳光洒在大大的花盘上，呈现出一种夺目的金黄，多美啊，多像邓丽君演唱的《小城故事》：看似一幅画，听像一首歌，人生境界真善美，这里全包括。

没错，这是我的小城。我的小城是齐鲁文化的昌盛之域。在此，本不想复制王红先生的丛稿，但是，对源远流长的梁邹文化的了解，几乎全是得益于他的论著："尚书再造"的伏生、刘徽与《九章算术注》、二十卷本《酉阳杂俎》的作者段成式、东方人格形象典范范仲淹……这时候，我的小城是林徽因，是"四月天"林徽因。她温文、雍容，集才气、美质于一身，从不因循守旧，敢于标新立异。她那丰厚的文化底蕴，加上兼收并蓄、博采众长的性格，使其洋溢出迷人的魅力。诗人爱她，哲学家迷恋她，建筑学家珍视她。她有思想有个性，她是能干的。她又是自由的、热情的，她美丽而浪漫，她是独特的。当我徜徉于小城的黄山广场、市民公园、黛溪湖畔时，又或者往返于醴泉寺、唐李庵、丁公龙山文化遗址时，总会不由自主想起林徽因，她那诗人的美感和想象力以及科学家的细致和踏实精神与我的小城异曲同工。是的，我的小城不仅具备一切有形的漂亮外表，更重要的是那无处不在的气质和精神，一种励精图治先忧后乐的创业精神？一种崇学、尚德、致远的洙泗之风？我说不好。总而言之，有一点可以肯定，我的小城是丰美的，我爱她，我眷恋着她。

许多年前，一位本土诗人眼中的她是这样的：小城总爱说她的过去，说这里曾有过威武的县衙，说过去这里曾有过很大的集市……的确，那时的小城逼仄拥挤、土里土气，人与人之间因缺失距离而少有美感。看看今天的小城吧，朝霞洒在公园的银杏树上，小小的扇形树叶金光闪闪。一位老者将鸟笼挂在一棵广玉兰树杈上，敛声静气于太极拳的一招一式，只有动听的鸟语温婉诉说着她的欢喜。晨练的人在这青山秀水中尽享清新之美。我的小城生活就是这样的安闲，这样的舒适。

当然，我的小城并不完美，她也有千人一面俗气冲天的高楼，也有画蛇添足的人造景观。对此，我的建议是，城建设计者并不需要多么地苦心孤诣，只清楚一点就好了：建筑物不是景观中的主角，植物才是。这里种一片竹——竹风一阵，飘扬茶灶疏烟；那里种一片梅——梅月半弯，掩映书窗残雪。即便再普通不过的法桐，其亭亭华盖不知吸收了多少废气、同时为小城输送了多少氧气，多么好！

——小城人有时也极为较真不是吗？没关系，大多时候我们都是善良温和的，文明修养也不错，甚至有些典雅。这时候我的小城是法兰西玫瑰苏菲·玛索，在异域风情的颦笑之间，追忆逝水年华。

是的，我的小城是一种生活方式，快乐工作，幸福生活。我的小城是这样一个群体，宠辱不惊，恬淡自处。是的，我的小城就是一杯茉莉香茗，丝丝缕缕馨香于我柔软的内心……

一条小路

路旁是一片疯长的野草和一些野生的刺槐、合欢、毛桃树。再往前就是排列整齐的栾树林，一棵棵栾树整齐划一，规矩得有些过分。

这是我上下班必经的一条路，日日所见，亲近欢喜。

初春的一天，我迎着初升的太阳去上班。树上的麻雀和喜鹊们叽叽喳喳，叫个不停，惹人驻足。对于麻雀，见多不怪了；而喜鹊，因为成语“喜鹊登枝”而让人倍生好感。麻雀的叫声小而杂；而喜鹊鸣声洪亮，飞得也高。我的近视眼试图跟随它们飞翔的速度，终不能如愿。

来到办公室，照例先沏上一杯茉莉花茶。多少年了，就喜欢花茶。同事说，你应该喝绿茶，美容、养颜，还防癌。试着喝了几次，到底不喜欢。当下正流行普洱茶，友人送过一些，尝了尝，也不喜欢。还是一如既往喝我的茉莉花茶，同事笑我“土老冒”，就算是吧，我是喜欢与“土”有关的东西，比如庄稼、树木什么的。我了解自己的味觉。这杯花茶，我会断断续续喝上半天。半天的时间里，我把一篇筹划了很久的关于植棉成本的论文开了头。凡事开了头就好办。我心里有数，论文会很顺利地写完，数据早都准备好了。

中午下班的时候，自然还是走上那条小路。小路另一侧有两个装潢时尚的店面。一个是“似水年华”摄影店。一、二层是工作室，三层的窗外装了铁艺花架。夏天的时候，会有几盆开花的绿色植物从花架上垂落下来，很是美丽雅致。另一个店名为“影响”的，是一家装饰公司，门口陈列着电脑设计的装饰样片。店面门前的环境实在让人羡慕，放眼望去，除了花草就是树木，少了闹市的喧嚣，多了一份安静。只是，他们的生意看上去有些冷清。这里原本还有一个酒店，因为生意不好早已关门大吉。记得去年夏天，每天晚上，他们把几张白色桌椅、一套音响搬到室外，兼营冷饮与卡拉 OK 的生意。我晚上散步时，常常在那儿点上一杯饮料和一首“茉莉花”之类舒缓的曲子。微风吹过，树林中传来一阵青草的香气，让人顿生愉悦之感。后来，店门外贴上了一张红纸：吉屋出租。

冬去春来，吉屋一直无人来租。

今年“春分”后，花农在路旁撒了一些种子。不久，土壤萌动，一棵棵金盏菊绿莹莹地冒了出来。不久，花朵次第开放。它们开在路旁，开在树林边。远远看去，迎风的花儿一直摇曳到视线之外。这是人工种植的花儿，但她们来自乡野，不事雕琢，自然天成，越发惹人喜爱。

今天是周末，家务活做完了，就想到办公室看书。在家里是看不了书的，电视机整日不息，吵得人心烦。

走到那条小路时，感觉与平日不一样。不用急着上班，有的是时间放慢脚步。我想到树林里看看，就拐进树林，蹲下身子，对着一朵喇叭花左看右看，看上半天；我想拍花花草草，就不慌不忙拿出随身携带的相机乱拍一通，很是自在。

等我走进办公室，发现天色已暗。翻了翻张辛欣那本《流浪世界的方式》，看到了这段话：不论你是不是和过去的我有关，也许，我能够以流浪汉的经验给你一点忠告，读我，请启用一点点内心中也有着的莫名的元素……

风过无痕

腊月和正月是乡村味最浓的两个月份，我因此而愿意这样称呼它们，不这样称呼就可惜了。

现在，腊月过去了，正月也过到尾梢上了，我还懒懒停在原地，找不到生活的节奏。也好，生活的最终目的是生活本身，愿意怎样就怎样吧。

昨天，去淄城看望母亲回来的路上，接到同学电话，说张建明回来了，一起聚聚吧。

张建明是我们初中同学，在深圳工作。这几年隔三岔五回家乡来，每次都会来小城找我们。大家凑起来撮一顿、闲扯一番、为张建明安排好住宿、埋好单，然后告别。张建明一阵风似地来，一阵风似地走，彼此来不及深入了解和交谈。甚至第一次见他时，我一点也想不起他的名字和他原来的样子，完全像个陌生人。听说，多年前他抛妻别子，偕他人之妻私奔异乡，一躲就是二十年，五年前才作为某公司深圳分公司经理，重新出现在大家面前。他的经历应该非常坎坷吧？是啊，每个人对生活方式的选择不一样，如果你折腾生活，生活就会折腾你。他当年为什么那样做呢？是为了爱情吗？

作为老同学，张建明的贡献在于，他的到来为我们这些生活在小城的同班同学提供了一次相聚的机会。平时，大家各自都忙，忙得忘了到底在忙什么，忙得来不及叹息物理意义上的生命在一天天衰老，而灵魂一直一直在遭受漠视。说白了，不是忙，是人心浮躁——我们也可以将其归罪于缺乏信仰，事实上，所有信仰最终也会在枪弹和眼泪中变得面目全非。一切都很虚幻。

小城新建的环城路双向十车道，很宽敞，路两边风景也美。我们的车子很快没入山中。山上残雪点点，夕阳淡淡的，似有若无地照在空旷的山坡上。雪花山度假村坐落于群山之中，占地面积三千亩，是小城最好的酒店之一。在主楼西侧，我们的车被一辆卡车和一辆吊车挡住了去路，过不去，只好倒回来停到附近一座别墅旁边。别墅很漂亮，空置着。像许多大城市一样，这个小城空置的房子越来越多，房价越来越高。整个社会奢靡之风愈演愈烈。那辆卡车上一棵怀抱粗的柿子树，正被吊车高高吊起，准备移栽到一株蔷薇旁边。这棵树的故土在哪里？应该在哪座山上生存多年了吧？现在，它被挖出来，被锯掉枝头，挪到此地。它能活下来吗？它还能像往年一样果实累累吗？一切都是未知。只知道被改变的是一棵树的命运，不变的，是人的欲望。

吃饭的时候，张建明复述了他的创业经历以及公司目前的财力和实力。我很清楚在座的几位同学与我一样，只是淡淡地在听，没有人在意他的财富。

吃完饭，从酒店出来，才知道外面刮起了大风。风刮在脸上，仍然是干燥的感觉，尽管今春雨雪频繁，麦田墒情也很好。

回到家，打开台灯，随手拿起一本书，是单英民著作《修养漫谈》，一本老书。书中有句话我早就记得："简洁的饭食和单纯的生活，便是真快乐的渊源。”尽管时光转变了百年，世界已经改变，这句话依然发人深省。

夜里，大风刮得窗棂乱响，响了一整夜。早晨上班路上，一些破旧的布条、脏兮兮的塑料袋、陈年的杂草树叶赫然在目。它们原本被雪压着，被垃圾桶圈着，一夜大风把它们吹刮出来，真是碍人眼呢。

张建明回深圳了吗？与我们这个北方小城相比，深圳肯定是花红柳绿亦是灯红酒绿的。他现在的老婆还称得上“知心爱人”吗？

佛曰：这是一个婆娑世界，婆娑即遗憾。

长恨春归无觅处

某个春光潋滟的上午，你突兀地站在桃花树下，风中花瓣纷纷飘落。心中闪过一阵凉意——春光已然老了，你的笑容也老了。真没想到，在这桃花色的春天，心事竟然如此苍茫。

一

春日迟迟的午后，睡意阑珊。朋友打来电话，邀我去郎君村看杏花。他说，去散散心吧。

就去了。

杏花已然开败了，败得一塌糊涂。绝望的颜色映入眼帘时，你是什么感觉？正是如此缘故，我久已不愿与人相处，总是躲在一隅，一个人慢腾腾度着日月。

而以往的春天，不是这样。

好在，心里终于抹上一丝春色，也算没有辜负春光与友情。

二

春天里有一个节日怎么也放不下。你知道，是清明节。清明其实还是一个节气，寓意万物勃发，欣欣向荣。也记得小时候的秋千架和得来不易的彩蛋。如今，同样是这一个节日，在我这里只剩了悲凉，它让我想着相继离去的父亲和兄长，心中悲凉无以言说。

父亲，你在天堂还好吗？此前每年这个时候，哥哥为你送吃送喝送钱，可是今年……哥哥，你早早赶去与父亲在一起，让年迈的母亲，还有你姐妹们的春天变了颜色……

对生活，我已无所求。

三

夜里突然醒来，只听得窗外雨声唰唰。春雨又一次落下，万物复苏，花儿开放，多么好。

昨天下乡，看到大片麦田已返青，到处是浇水的塑料管道。春季生产轰轰烈烈地开始了。阳光被身，绿意盎然。此刻，第五场春雨又降临大地，多么好。

揣着一些小小的期待继续睡去。梦境却不单单是小小的美丽。故事与情节枝枝杈杈，一点也不缺以往那些春天的丰满和艳丽。

四

不只是在春天，不只是一朵花，它以自身的一丝苦，解除掉世人身上心上许多的苦，最终化作一丝甜。你知道，我说的是苦菜。她跟着春天的脚步而来，在秋天将尽之时，她还会再来一次。

春华秋实，她在自己喜欢的时光里恬淡又从容。

一个忙碌的下午。下班时间已到，工作仍然乱哄哄无法结束。这时候若水打来电话说，她挖了一些苦菜要送我，准备在我下班必经之地黛溪湖畔等我。

突然地就有想流泪的冲动。

日复一日忙碌，一有空闲就赶去看望母亲。天暖了，柳绿了，却无暇到野外体味春意。许多野菜是我喜欢吃的：绵羊头、荠荠菜、茵陈、苦菜、菊花芽……它们在舌尖上的鲜嫩稍纵即逝，直叫人长恨春归无觅处。而这一刻，若水的情谊就是野菜的滋味了，就是春天的滋味了。

若水的苦菜我没有吃到。那天我无法按时下班，一直工作到晚上九点。

过了一段时间，远在淄川的大姐风尘仆仆地给我送来一大兜苦菜。她说她们那儿的山实在贫瘠，挖了两天，只得一兜……

康德说过，世界上有两样东西能让我们内心受到深深的震撼，一是我们头顶上的灿烂星空，一是我们内心崇高的道德法则。那么，亲情与友情，应该是星空中一直灿烂着的两颗吧。

五

今晚，我在台灯下体味幸福。下午，我开车向南部山区奔去，去看望我的母亲。车载 CD 放着《蓝莲花》，美妙的音乐满含禅意。

很快进入山区。空气清新，我干脆把车窗全部打开。中途又在一僻静处停下车，独自在路边坐下，大口吮吸山间这香气扑鼻的春天之味。脚边花草葳蕤，树叶绿得新鲜，风，软得像丝绸。不远处一个牧羊人懒洋洋地坐在田垄上，任凭羊群东游西逛；另一边的河滩上，大大小小的鹅卵石，在阳光下星星般闪着光——多么美的春色！

而我的母亲，脸色红润，与我一聊就是仨小时。这样的情景自兄长遇车祸去世以后，从未有过。

看望母亲回来的路上，还是听《蓝莲花》。许巍的沧桑在那一刻变得沉实。

就如今晚台灯下，心中那自由的世界，如此的清澈高远啊。

六

看过赵紫林一幅画，名曰《秋酣》。这一个春光潋滟的上午，半山腰这些平平仄仄的桃花，桃花树下久久对视的两个人，在一起，就是《春酣》了吧。

春天是用来怀念的。就像舒婷当年的诗句：“仿佛一段失而复得的记忆。仿佛唯有春天才有甜蜜的哀愁，甜蜜到想拥春风入怀，哀愁到看见一棵小草从地下冒出也会落泪。”

——由此，你知道，行，走，你与我，遇见，然后结束。人生这一场旅行，之于我，感受、体验与认知，其实都很脆弱。

有人说，懂得怀念将有益于未来。就我个人经历而言，现在、过去与未来，似乎都是怀念。怀念什么呢？一朵凋落的桃花。一段少时的情怀。童年时院子里紫白色泡桐花扑鼻的香气。

姹紫嫣红开遍了，地上的草儿有的都显出暮色了。风吹过，香气撩得人心痒。知道吗，我还留着一点空白，只为了你。

当然，你终会转身走远，也许很快就会忘记从前。

可是我，即便是在六十岁的春天里，依然留着一点空白。你知道，只是为了你。

秋末的平原

这是鸟的翅膀最舒展的季节。

平原上还有些什么呢？玉米、高粱、谷子和大豆一概被收割，原本有些臃肿的田野一下子变瘦了，平原看上去更平了。当我从垄上走过的时候，竟生出怅然若失的感觉。是的，平原的花季已过，落叶先是以千差万别的姿态飘洒，然后聚拢、堆积，纷纷擦着人们的脚踝向前冲，然后又打着旋儿四散开去……落叶，秋末时节平原上寥寥可数的动词之一，一个“落”字，触动了多少女人的心弦。当庄稼被收抢一空之后，她们感到了前所未有的寂寞和孤独，一丝忧伤像那柴垛上的月光，静静地在夜空中流淌。在外打工的男人是很少回家的。某个冷清的夜里，女人不知不觉陷入了对自己丰硕年华的长久回忆之中——那些个终日繁忙劳作的日子里，她们是从不失眠的，无怪乎男人常常讥笑她们“无事生非”，那又怎么样呢？她们不会停下梦想的脚步。是啊，唯有在如此氛围中，她们才能感知真正属于内心的东西，那就让她们自自在在享受这一刻的柔软与丰盈吧。

乡村的天空更高更远了。湛蓝的幕布上飘着一朵、两朵白云，人们怀揣愉快的心情，在禾场上、屋角边拉着家常说着丰年。当我从异地回到平原，总喜欢掺杂到他们中间去。偶尔，一股生铁的气味或者隔年干草的气味从大田边缘飘过来。这就是故乡的味道啊！嗅着这味道，我久久不愿离开——

也许前世注定我只能是棵蒲公英　故乡
虽生于你怀中却难守在你身旁
当我飘飞异地开出淡淡黄花时
我怀念埋在草坡上的我的深深的根

毕东海的诗句让人怅然，但我不会因此失望。看啊，田野上仍有好多东西让人兴奋不已：萝卜、土豆长势正旺，地面上绿意盎然，地面下根茎丰硕。蹲下身来，随便在地里扒拉一下，长长的萝卜、圆圆的土豆就到了你手中，真令人欣喜。偶尔从地头上、沟渠边走过时，那差点绊倒你的，说不定又是一个藏在秧藤下的大南瓜……

眼看就要立冬了，平原上一畦一畦新翻的大田里，刚刚发芽的冬小麦嫩绿着一望无际而又一览无余。俞伯牙一曲“善哉，峨峨兮若泰山，善哉，洋洋兮若江河”之《高山流水》名垂千古，他怎么就放弃了另一曲：善哉，阔阔兮若平原？

……

远处，鸟儿们呼朋引类的美妙声音还在回荡，她们的肚子里储存了足够的粮食，翅膀拍得更响亮了。这时候，乡村即将进入休眠期。在越来越沉默的平原上，地下数以万计的种子正蓄势待发，这，大概就是我们的乡村生息繁衍、绵绵不绝的真正缘由吧？

世事随风

近几天一直有风，风很大，但是风不凉，有点小阳春的味道。其实节气已近“大雪”，如此温度，实在算不得正常。

周末到书店逛了逛——就目前的忙碌状态而言，逛书店似乎是一件极为奢侈的事，正因如此，我特别希望时光的脚步慢一点、再慢一点，生活简单些、再简单些，于是买了两本自认为通俗易懂的书——塞林格的《麦田里的守望者》和法布尔的《昆虫记》。前者的译序里说，主人公想要反抗庸俗、虚伪的世道，却又缺乏光辉的理想，找不到一条光明的出路……主人公只是个中学生罢了，以我这个岁数，似乎不应该与他产生共鸣，可我对此竟然感同身受。

住宅楼下有几棵悬铃木，每天每天，看到硕大的树叶落下来，落叶成群结队贴着水泥地面“哗啦啦”忽东忽西，像一群没着没落的孩子，难以找到自己的归宿。我顶着被风吹乱的头发，疾步走向车库。落叶在身后穷追不舍。我顾不得俯身捡拾一枚欣赏一番，更顾不得对树叶在风中飞舞的情景做一番诗意的品评，我要赶着时间上班——心为形役，生活所迫。车经过经济开发区，发现街道突然变得开阔起来。以前可不是这样的，车辆多、行人多、横穿马路的人不计其数，只一个魏创集团就有十六万人，拥堵现象时有发生。当金融风暴袭来，企业不景气，一些生产线不得不停止运行时，来自全国各地的工人回家休假去了，开发区一下子冷清起来，竟然让人有些不适应。

我的驾驶技术不高，车在路上大多时候很慢，很费油。我们这个小城，GDP 不低，私家车很多，经常堵车。这时候我喜欢将班德瑞的 CD 打开，他的音乐很纯净，也很孤寂。车进单位大门，先得四下里张望：哪里还有停车位？好不容易找到车位停下车，赶紧上楼签到。单位优化组合后，办公室人手更少了，忙得很。我那台慢腾腾的老电脑不解人意，永远那么慢条斯理，为了按时完成分内工作，我一直在想方设法提高工作效率，效果每每差强人意。

很长时间不下雨也不下雪，空气很干燥。这样的气候是我不喜欢的，我更希望看到雨水把树叶打落或者雪压枝头的景象。窗外落叶纷纷。大风呼啦啦吹着，呈摧枯拉朽之势。我知道许多事非人力可为，不能改变的，且任它随风去吧。于我而言，许多事是必须面对的一种存在，我无力改变，只能尽力走好眼前这一步，其他一切，都将被大风带走。

一个鲁北小村的回忆

立了冬，天就冷了。

天空依然蓝着。在蓝色深处的苍凉里，忽然想起一个鲁北小村——中专毕业前夕，我在那里实习过。

小村在黄河以北的惠民县，村名不记得了。我和另外六名同学在县汽车站下车后，早已在此等候的村主任过来与我们一一握手。村主任是一位复员军人，他亲自开着一辆解放牌单排座卡车到县上接我们。我们三个女生挤坐在副驾驶位上，四个男生和行李只能屈居在后面车斗里。

去往小村的路很平坦，几乎全是柏油马路，村主任的卡车开得飞快，路两旁光秃的大杨树迅速向后退去。风呼呼地刮着，可以想见站在车斗里的男同学该有多冷。

那时候会开车的人在我们眼里是很了不起的。村主任说他其实没经过正规学习，别人开车时他就在一旁观察，慢慢就学会了，开车不是什么难事。村主任性格很开朗，他一边开车一边为我们讲解村里的经济发展情况。当时，我心情很灰暗，两个月前刚刚失恋，接下来父亲突然脑溢血去世，亲情与爱情的双重打击让我感觉这世界上哪里还有一点快乐的理由？村主任的话在我听来全是耳旁风，我对一切的一切已经感觉无所谓。

我们被安排在村部两间空荡荡的房子里。女生住里间，男生住外间。村主任派人送来煤炭，给我们安装了一个火炉。

鲁北的冬天说冷一下子就冷了。树叶全落光了，落到地上，被风吹着，躲进沟坎，接着被雪覆盖——它身上的雪是冷的，它心里会是暖的吗？

偶尔的，我会一个人出去散步。穿过村庄，穿过堆满玉米秸的场院，在四顾无人的旷野上溜达。鲁北平原的冬天是黄褐色的：土壤是黄色的，树枝是褐色的。麦苗儿黄不拉几无精打采，这应该是麦子漫长的生长过程中最忧郁的一段时光。

散步回来，我就趴在桌子上写诗，那些所谓的诗句，长长短短，全都很颓废。北岛说：一切都是命运，一切都是烟云，一切都是没有结局的开始，一切都是稍纵即逝的追寻……我很认同。

一个月的实习期很快结束了。其间，村主任经常过来嘘寒问暖，对我们照顾有加，尽管我们并未为他们村做过多少实际工作。村主任的儿子与我们年龄相仿，几乎每天晚上都到村部来，与我们围炉夜谈，我们因此结下了深厚的友谊。

一个人的性格特点有先天的遗传因素，后天的生活遭际对性格的造就也是毋庸置疑的。多少年后的今天，我已经忘记了恋爱的滋味，当然也不会再品尝失恋的苦涩。我的家人都很好，朋友们在一起也很快乐，我却时不时感觉忧伤。望着窗外的树，瑟瑟发抖的叶子看上去也是忧郁的。

冬天的阳光在沉默中慢慢变淡、变凉，直至消失于暗夜。我在灰黑的暮色中回忆着过去，在同事们下班的招呼声中站起身来准备回家。

光阴如梭。生命的意义渐渐浓缩为两点一线，在家与工作单位之间往来穿梭，日复一日。除此，我懒于关心其他一切，包括一次邂逅或者一场艳遇。

黛溪河之忧

去年春天，几位朋友相约从东景桥出发，徒步逆流而上，目的地是黛溪河源头——摩诃山脚下。户外运动的同时，我们打算对这条河流的自然景观和人文景观做一番细致的考察。可惜，由于沙尘暴来袭，活动被取消。初冬的一个周末，天气晴好，我独自沿黛溪河行走三公里，在于印水库停下了脚步。看着干巴巴的河底，看着一只乌鸦飞过河床，我很失望，身心俱疲，败兴而归。这是黛溪河流域很短的一段，且这一段已被“综合治理”，但窥斑知豹，我没有看到人水和谐发展的景观，原本对黛溪河命运的担忧不但未消除，反而日甚一日。

一条河没了水，它还叫河流吗？即便有水，自由流淌的河也不多了。太多的水库、大坝将河水腰斩，河流的声音变得支离破碎。国际公认40% 为水资源开发程度警戒线，那么，“黛溪河流域先后兴建水库 10 座、塘坝 36 座、总蓄水量 300 万立方”（据水利局资料）是个什么概念呢？如此库容将是径流量的百分之多少呢？

在三十多年前 一条河

是那样自由、自在、自然

她清澈甜美的水 日夜流淌

这是黛溪河流域原住民、诗人溪河子眼中的黛溪河。他诗中的河水是洁净的，比天空还蓝，“牛羊自木桥上走过 / 柳树静立岸边 / 燕子轻轻掠过水面 / 发出欢悦的呢喃”，这美丽的诗句不是梦，是诗人的童年，距离今天并不遥远。康熙年间邹平布衣诗人张实居，一生诗作无数，可谓这方长白山水风土人情之巨幅诗卷。在他笔下，黛溪河一路穿越于兹山、印台山，浩浩荡荡南来，快快乐乐北去，——那美丽景象，已一去不返。

我刚到小城工作那年，黛溪河的堤岸还是宽广的，尽管一路而来沟沟坎坎、荆棘遍布、碎石林立，却并不妨碍农作物的生长，谷子、大豆、棉花、芝麻，尤其是地瓜，从来不惧沟坎与贫瘠。果木更是如此，桃树、梨树、杏林、苹果园，花果连天。每年春天，印台山的槐树林，东景村、孙家庄的果园，都是人们经常光顾的地方，赏花、拍照、挖野菜，是再好不过的休闲去处。那时，夕阳还能在河水中洒下万道红光，然后才消失在印台山西边。如今，山光水色交相辉映之下那思绪的碧波清流、那村庄里升起的袅袅炊烟、那诗人的吟咏、那村夫哼唱的乡间小调，转眼消失了。黛溪河再也不会驱流驾响涟漪汤汤自由前行了，黄昏中的河水再也盛不下万道霞光了，她只剩了一丝游魂。

黛溪河治理方案是哪一年制订的？治理工程要求黛溪河扩容，东景、孙家两个村整体搬迁，一片又一片果园被铲除，挖土造湖工程开始了。五年时间过去了，大片裸露的土地上仍是荒凉一片——果树砍了，湖也没挖成。两个原本宁静的小山村被拆得七零八落，满眼残壁断垣。

我住的小区与黛溪河之间，原本留着一块空地，规划设计一个河边公园，现在安插了高高低低七座楼房，用来安排孙家庄村民居住。站在那些楼体的阴影里，我感觉冬天的风真是冷硬啊，尖锐而锋利。

什么也不能割断美好
总有一河清澈的呐喊

只有溪河子乐观，他的诗句掷地有声，四散开去找寻清新的气味和表达的方向，凿凿之心不减。

有时候我也在想，能不能找到一种更尊重自然、更简便易行、更诗意、更人性化、可持续的方式，来改善、利用我们的河流呢？答案是肯定的，只是我们太简单粗暴、太刚愎自用、太无能罢了。

关于黛溪河进一步的思考和想象，我保留一遍遍复述、一次次增删的权利，我将在这条面目全非的河流上不停地叙写我的深情、我的担忧、我的哲学和寓言。幻想有朝一日，伴随着河边那所学校的琅琅读书声的，是她欢快的歌唱，而不是人们干涩的抱怨。会有那一天吗？

仙佛之境

坐在暮色中发呆，我发觉自己真是一个没有人生目标的人。

二十年前，我在广播电视学校工作。同事中年轻人居多，他们手上做的、心里想的，似乎都有一定之规。而我当时未婚、无男友、不懂人情世故，每天只是茫然地上班下班，活得糊里糊涂。一天下午，校长把我叫到他办公室给我上了一课，关于工作、关于人际关系、关于人生目标，等等。他说，人活一辈子，应该有一定的目标，而你，看得出是没有目标的。今天想起来他还真说对了，我那时没有人生目标，现在仍然没有。我那时活得糊涂，现在也不是明白人。那个校长退休后不几年得了脑血栓，栓住一条腿，走路一瘸一拐的，大脑似乎也有点病态，有时候跟他打招呼，他也不理不睬。那么，他的人生目标是什么呢，实现了吗？

至今没明白他为什么找我谈那番话。那时不能问，现在不必问。生活其实是充满变数的，即使我当初确立了目标，也许我的人生仍然是现在这个样子：背负烦恼人生，在平淡无奇中走过一年又一年。我的一位同事，据说人生目标是当上县长，为此，她多年来那副“豁出去”的劲头总引来绯闻缠身，可惜直到退休，她什么也没当上。所以，对自己散沙般的人生，我不抱怨、不后悔，也不孤芳自赏。

周六听了一个讲座，是诗人寒烟讲的，当然是诗歌创作。她讲得很专业，我听得很散漫。寒烟是用生命写诗的人，她宁愿毁灭自己于作品之中，她在诗界已渐入“佛”境——

苦，这纯粹的浓度，
不用一滴水稀释

而我，做不到。寒烟因此成为诗人，我因此什么也不是。内心常常对功成名就之人生出敬佩，也只是敬佩而已，自己从未因此努力过。这样与文友若水交流，她说，那就“米兰任其香，若水任其淌”吧。若水也是性情散漫之人。

周日去看望母亲。我唯一的哥哥遭遇车祸突然去世后，母亲住到了二姐家。她想念她那死去的儿子吗？我不知道。母亲是个善于忘记和原谅的人。我有时会跟她争吵，嫌她做事没有原则，做人不顾及自尊，好人都是她当，坏蛋全是我做。每次吵过后我就后悔，母亲年纪大了，她愿意怎样就怎样吧，我该顺着她。当然，母亲从不跟我计较，根本不在乎我对她的埋怨，该怎么做还怎么做。母亲过的是日子，什么人生目标、事业成就、家仇国恨，与她的日子有关系吗？

有句话与母亲的“日子”有点关系，叫作“有酒学仙，无酒学佛”，我正试图如此生活下去。我虽胸无大志，却不愿浪掷生命。工作、家庭、节奏，该怎样就怎样，有“酒”就喝；而写作，既然我喜欢，为什么不学“佛”呢？当然，正如一位文学编辑所说，我们所谓的写作，其实是很卑微的事情，是个人的活动，不像唱歌跳舞那样可供观瞻，而且在这样的年代，暴露自己写作者的身份，也许不但不会得到荣光，反而会成为别人的话柄。那又怎么样呢？我还会在乎吗？

我一如既往喜欢一个人散步。走了多年，也没有走出名堂，只是腿脚轻快些而已。想起沃伦的诗歌《动荡尘世的鸟类学》，也许可堪慰藉——

许多年过去，所有的地方和面孔都渐次暗淡，
有些人已经死去
我站在一片遥远的土地上，夜晚依旧，
我终于可以肯定
我更加怀念的，是鸟鸣似的寂静，
而不是那些终将消失的事物

一个人的战争
——我的 2009

记忆是一朵花。2009 年的花朵上布满尘垢。我盼望着眼前的花儿名叫忘忧草。不管怎么说，此刻的我，正阳光被身暖意融怀。

我试着转身、体会、理解并穿越 2009 年。这一年，我的心灵经历了一场战争。

牛年刚过了两天，我那遭遇车祸后昏迷了五十天的哥哥即撒手人寰了——也许，这终于让他的妻、儿嘘出一口气——假若哥哥变成植物人，不是他们的累赘吗？

可是我，不能原谅。

我并不明白我不能原谅的到底是什么。

战争开始了，交战双方只有我一个人。我拘留了自己，我把自己圈郁在封闭、污浊、变态、狭小的空间里不能自拔。在令人疯狂的关于报复的无数想象中，时光的花朵奇形怪状面目狰狞。

春天里，青山夫妇开车来接我去城外看桃花；若水挖了苦菜要送给她的米兰姐姐；雨佳和月梅一次次深中肯綮的规劝和排解；槐树下和廷伟老弟温暖的留言；亡羊兄一句“你看你怎这么瘦了”让我几欲落下泪来……朋友，是自己给自己找到的亲戚，感恩我还有这么多的“亲戚”。

我开始把精力投入到工作中。我的工作确实特别忙，常常需要加班加点。我陀螺一样转来转去，工作、家庭、母亲、女儿，“挑起一担周身白汗向谁说？”不能说，也不必说，这都是人到中年应当有勇气担当的。

以前，每当女儿向我唠叨他们学校的种种不合理时，我总是劝她：努力改变你能够改变的一切，坦然接受你不能够改变的一切。现在，我更多地拿这句话劝慰我自己。是啊，我已年过不惑，对生活中所谓的“真实”应该有进一步的认知，不可以再以“如果怎样”来思考问题，过去的，永远过去了，无法改变。

——2009年，我看到了自己的成长。

三月下起了大雨
四月里遍地蔷薇
五月我们对面坐着　犹如梦中　就这样六月到了
六月里青草盛开　处处芬芳
七月　悲喜交加　麦浪翻滚连同草地　直到天涯
八月就是八月
八月我守口如瓶
八月里我是瓶中的水　你是青天的云

季节在林白的一首老诗中变幻迅疾。过往的岁月只来得及让我反复咀嚼圣人的一句话：忠告而善道之，不可则止。

终于，我为自己的心灵打开了一扇窗户。

十月末，一场大雪不约而至。网上姿态各具的雪景让人目不暇接。几天后，我裹紧烟白色风衣，从冰封的北方登上了去往南方的飞机。南方的三角梅正开放得如火如荼，橡树高大繁茂，木棉花开满枝，惠安女依旧从事着古老的手工——同样的一个人，站在不同的角度，会看到截然不同的景色。在福建的一个茶馆，我以前所未有的耐心一次次品评卖茶姑娘“这茶怎样”的问询，并且不在乎价位，即刻购买了很多。在导游“谢谢姐姐”的兴高采烈中，我微笑着一言不发，只有心里明白，放下沉重的武器，才会感觉轻松。

十一月尚未到来

透过它的窗口我望见了十二月　十二月大雪弥漫

此时，我站在2009年的长廊尽头，廊檐外，阳光的线条清晰可见。

还有一步之遥，新年的花朵即可绽放，我已隐约嗅到了她的芳香。是的，花朵是一句箴言，镶嵌在每一个人的流年上。对于我的2009，尤其如此。

鼓浪屿的诗意生活

月初，去厦门参加农业部举办的培训班，培训班结束次日，我乘船去了鼓浪屿。还记得多年前张暴默唱的一首流行歌曲《鼓浪屿之波》："鼓浪屿四周海茫茫，海水鼓起波浪……登上日光岩眺望，只见云海茫茫……"鼓浪屿与厦门之间有鹭江相隔，仅六百米之远，船行十分钟即到。

当钢琴形状的候船码头进入眼帘时，我开始担心，相机中2G的卡，能容得下那无处不在的美景吗?

鼓浪屿是一个独立的小岛，仅1.91平方公里。然而，就是在如此"袖珍"的小岛上，幽谷、峭崖、古树、美庐、琴韵，比比皆是。唯一没有的，就是汽车，一辆汽车也没有。这样美妙的所在，如果被汽车尾气污染，不是暴殄天物吗?

鼓浪屿之美，美在细节。譬如，一条斜坡上的绿化带，就是用《鼓浪屿之波》的音符形状完成的；譬如，岛上所有建筑物的外观，不仅美轮美奂而且形态各异，绝不允许外观完全相同的两座建筑物存在；譬如，走着走着，也许一棵树就横亘在路中间，她生存的权利没有被道路剥夺……这样的细节，与管理者有关吧。如果管理者独断专行无知无畏，那些百年古树也许即刻倒下，那些宝马奔驰也许汹涌而至，那份安静优雅也许早已荡然无存。所以，游客如我，内心自有一份感激，感激那些为保存鼓浪屿之美作出贡献的人们，是他们的谦卑和努力，成就了今天的鼓浪屿。

鼓浪屿与音乐密不可分。方寸之地，不但有音乐学院、音乐学校、音乐厅，而且有中国唯一的一家“钢琴博物馆”。来自美洲、欧洲及世界各地的六十多架钢琴陈列其中，二百多年的钢琴演变史在此可见一斑。在博物馆宁静的氛围中，我又一次与肖邦、贝多芬、勃拉姆斯擦肩而过，仿佛一段时光被琴声浸染，细腻、温婉、百转千回，让人流连忘返。是什么，让我们满怀温柔？音乐，当是其中之一。

鼓浪屿的小街窄而短，小巷静而雅，街巷纵横交织，构成一幅宁静的中国水墨画。青石路面长年累月磨得油光发亮，高跟鞋美女走过，立即就有串串音符铿锵飞扬。我穿着运动鞋漫步其中，不时听到钢琴声丝丝缕缕传来，咖啡厅、茶室、宅院，每一叶绿花香深处，仿佛都有琴声悠悠回旋。在一僻静处听到肖邦的《小夜曲》，让我倍感亲切，女儿在钢琴课上弹过这首曲子，故而熟知。鼓浪屿，实在是一处充满艺术气质的“世外桃源”，谁有幸在此定居，谁就是幸福的人。

舒婷就是一个幸福的人。

于我，如此急切地赶来鼓浪屿，肯定与舒婷有关。多么希望目睹诗人的橡树、木棉、雾霭、流岚。我在每一座房屋前流连，哪一座是诗人的宅院？那房前屋后应该是花草葳蕤古木苍翠，可是，鼓浪屿 1.91 平方公里的土地上，几乎都是花草葳蕤古木苍翠！诗人，在这清洁幽静之地，心灵定然一尘不染，所以她说：真水无香。

波涛击打礁石的声响千年不变。凭海临风，我在想，一个人，只有生命的长度远远不够，他需要有深度、有内涵、有诗意，就像鼓浪屿一样，诗意地栖居于茫茫大海，不为世俗所累，安然于自我心灵的丰盈，以独有方式为人启迪艺术灵感，它自身因此更具迷人魅力。

鹭江上，游艇一艘接一艘，往来穿梭。自琴形码头登船返回的那一刻，我知道，无论今后走遍万水千山，鼓浪屿的诗意生活，将永远留驻心间。

草原之旅

对草原的向往源自两位诗人，一位是席慕蓉，一位是海子。“目击众神死亡的草原上野花一片 / 远在远方的风比远方更远”，这是海子的《九月》；而万里大漠之上显赫家族出身的席慕蓉，一直珍存着家传的哈达及形形色色的蒙古族饰物，她挚爱着家乡的一切。按捺不住对那个马背上的民族的好奇，心中早就与草原有了约定，八月伊始，我向单位递交了休假申请，与家人朋友一起，踏上了草原之旅。

向北，一路向北。最先接近草原的地方是塞罕坝。接坝区森林茂密，坝缘山峰如簇，处处点缀着繁星般的野花。天高气爽，凉风拂面，顿觉心旷神怡。于是，我的心灵开始通向一条秘密途径。站在路口，犹豫片刻，我想起了腾格尔和一只雄鹰，他们粗犷雄浑心怀坦荡，他们属于草原，或者说草原是他们的草原，过客如我，算什么呢？有多少人同我一样，长期生活在周围不露声色的算计中，勉强支撑着脸面，事实上一颗心早已被碾成碎片，从里到外体无完肤千疮百孔。我迫不及待到天广地阔的草原上来，是暗暗期望着那些伤痛或可得以修复，但我没有把握。

天空澄澈清净，丘陵与平原错落更迭，的确是一片迷人的草原风光。

骑在马上，徜徉在蓝天白云下，我叹了口气——对生活不应求全责备。可是，世事的艰辛，生存的痛苦，幻想的破灭，让人心力交瘁。我从齐鲁之地来，深受孔孟之道束缚，思维刻板教条，也曾想修身养性，无奈难得要领，终为世俗所累。从南到北这一路走来，看见马在河套里饮水、羊在草坡上吃草、山脊上大片的向日葵呈现出油画般浓烈的金黄、偶尔闪现的小村庄与大自然合二为一……就忍不住想：等孩子长大成人，等母亲“百年”之后，我是不是可以选择如此这般简净澄澈之地安度晚年？

这条秘密途径上接天地下通心源，目的只有一个：获得内心的平静与和谐。千帆过尽，我越来越明白，内心的平静与和谐对于女性，尤其像我这样的女性，比很多东西都重要。

我骑着马，跟在马队后面，一任思想纵横驰骋。尽管是第一次骑马，但我执意不用马夫。请教了缰绳的基本用途后，我轻松地驭马前行。一个内心孤寂的旅人，内心自有不必慌乱的理由。

草原上的野花名不虚传。或灿若金星，或纤若红簪，有名的，无名的，千姿百态，姹紫嫣红。她们在属于自己的空间和时光里恣意生长，不是为你，也不是为我，她们只为自己灿烂地活着。“赤裸的草原上 / 我相信这一切。”（海子诗句）

草原上的夜降临了。篝火点起来了，那熊熊烈焰与马头琴声一起，开始诉说心中悲喜。众所周知，蒙古人崇拜火，视火为生命与兴旺的象征。这一个夜晚，我愿意像蒙古人一样敬火为神，点燃自己，尽情狂欢。认识的、不认识的，会跳舞的、不会跳舞的，男的女的，老的少的，都纷纷牵起手来，围着篝火翩翩起舞。也有人开始点燃孔明灯，一盏、又一盏，带着主人美好的愿望陆续飞往苍穹——

许多旧事，
过去以后就遗忘，
像童年的儿歌，
朦胧记得却不会唱。
许多面孔，
飘忽闪过就不再想，
像墙上的日历，
被岁月带走一张张。
……

忽然想起少年时代唱过的一首歌，此时此刻，它在脑中倏忽闪现，心里划过苍茫的痕迹。也许火真的能激发人潜在的生命热能，我分明看到火焰旁一张张笑脸那么真实而舒展。仰望夜空，只见东边一轮明月升起来了。于是第一次，我主动邀请爱人走到露天的“卡拉 OK”机前，合唱了一曲《敖包相会》——如果没有天上的雨水，海棠花儿不会自己开。

风吹草叶，最后一缕火吹散了。清光涌动中，我走进帐篷。

那一夜，我睡得十分踏实，很久不曾拥有如此甜蜜的睡眠了。

次日清晨起床，饱吸清新空气之际，我告诉自己：我会再来的，草原。这次所到乌兰布统草原在克什克腾旗最南端，距离大漠深处还有很远很远的路程，我还要去呼伦贝尔、去锡林郭勒、去额尔古纳，或许，下一次草原之行，我就能找到快乐和幸福。我相信那一望无际的茫茫草原，真的具备如此这般神秘的品质和力量。

烟波江上

自泉城登机，飞越黄河，一路南下。至重庆，游览两日后，弃陆登船，顺江而下——此即十月末之三峡游。

说起来，这还是第一次“正式”坐船。新鲜感时或从江上飘过来，从船头到船尾，到处是风景。我的舱位在三楼右侧，位置很好。窗下江水浩浩汤汤，水之大，超乎想象。

除了看水，在江上，还能看什么呢？水鸟滑翔，船来舟往，于大平原上长大的我来说，确是少见的景色。且不说“两岸青山相对出，孤帆一片日边来”，且不说“两岸猿声啼不住，轻舟已过万重山”，最想说的是，在这秋水共长天一色的风光中，深藏着一段历史，一段精彩的三国史。其跌宕起伏，被浪花裹挟而来，随江风飘荡至今。难以释怀的那个人，永远是：周公瑾——公瑾卓尔，逸志不群。公瑾英达，朗心独见。周公瑾就是如此完美的一个人，秀外慧中如瑾似玉，怎可为小乔一人独爱？在这漫漫旅途的单调时光中，在长江6号游船上，有一位女子，遥想公瑾当年，缕缕爱意不禁浮上心怀，飘向江面。水阔且深，这份爱，能逐浪而去抵达远古吗？

夜幕降临。江涛，高一声，低一声。汽笛声从对面船上响过来，那是北方，我家乡的方向。那里的秋色更浓了吧？景色红了，或者黄了；叶，纷纷落了。我的乡亲，一定漠视着渐渐变幻的颜色，一言不发。

我亦一言不发。船舱中只有我一人。一台旧电视机早被我关掉，它刺刺啦啦的声音和模糊的图像只让人心烦。旅途中行李沉重，不敢多带书，一本《马未都说》文字简单，也不必反复阅读。只有静静地看水。开始想家。

爱过的那个人一直在我的旅途中如影随形。而今，他与周公瑾一样遥不可及。很久不见了，也许他早已将我忘记。心绪如江水难平。神女峰就这样被错过。还记得诗人舒婷的忠告：与其在悬崖上展览千年，不如在爱人肩头痛哭一晚。之所以站在悬崖上，不就是为了等待爱人的肩头？诗人终是没有深入体会神女的苦衷，她不知道，等待，是神女唯一的选择。就如此刻，我能做的，唯有思念。

“我心上的河，巴比伦在你身旁，我低声唱，带着那眼泪悲伤……”不由自主地，我轻声哼起《巴比伦河》，这是波尼·姆合唱团的歌儿，歌声浑厚，似沉重的叹息。谁说过，黎明是人间万物的花开，黎明来临时，我将重新上岸，回归往日生活。在北方，毕竟还有人在等着我，比如我的女儿，比如我的母亲。

井冈山恋曲

八月末，细雨蒙蒙中，从聊城坐夜班火车去井冈山开会。京九铁路上的夜色时明时暗，内心的孤独感油然而生——岁月静好，人心已老。想起《东方快车恋曲》中的一句话：曾经朗朗的青春的欢笑，如今是男人成熟面容上抹不去的忧伤，和女人黯淡下来的一缕金发……深夜的汽笛声中，回忆的羽毛在内心次第展开，曾经的青春故事如今都已变成旧时光。叹息着侧身睡去。因为神经衰弱，我在车上从来是睡不实的。似梦似醒之间，天已微亮。起身坐到车窗旁，看着晨光一寸一寸从地平线升起，知道自己心上、脸上的褶皱也正逐渐明亮。

铁路旁葳蕤的夹竹桃快速向后退去。

几千公里的铁路线已被 Z133 次列车均匀碾过：井冈山到了，雨敲窗棂的密度更大了。

井冈山尽管只是一个县级市，火车站却十分壮观。出得站来，眼前豁然开朗。目光所及，群山连绵，云雾缭绕，间或有雷声传来，仿佛战争年代的隆隆炮声。

从火车站到会议地点，途经笔架山。山上的映山红花期已过，残留枝头的猩红色花瓣若隐若现。雨雾中想起小时候看过的电影《闪闪的红星》，潘冬子的妈妈和她躲藏的草屋被大火点燃的那一刻，一曲《映山红》激越高亢地响起，我幼小的心灵在音乐的感召下颤抖不已……

会议间隙，我去了黄洋界。茅坪通往茨坪的公路蜿蜒而上，像一条青色巨龙在山间盘旋。深不可测的峡谷里、险峻的悬崖峭壁上，似乎依然蛰伏着红军的身影。八十年前以少胜多、以弱胜强的黄洋界战役，可谓红军战争史上漂亮的一役。1965 年翻越黄洋界重上井冈山的毛泽东豪情满怀、笔走龙蛇，写了一首气势磅礴的《水调歌头·重上井冈山》。而我，在那烽火故事的间隙里，独独看到了贺子珍瘦弱的身影。她身穿阴丹士林蓝布小褂，青春、美丽的面容像井冈山漫山遍野的毛竹一样坚韧。这个珍珠般闪亮的名字，宛若那苍翠竹林间盛放的巨大花朵，井冈山因她的存在而熠熠生辉！可是，可是，“曾经恋着你弓马娴熟通晓诗书少年英武，跟着你闯荡江湖风餐露宿受尽千般苦”，最终，贺子珍与毛泽东的革命爱情还是以悲剧收场……

井冈山的秀丽风光业已掩盖了连天炮火留下的创伤，唯有烈士纪念馆内，永远记着她——

贺子珍，永新县乡绅贺焕文长女，16 岁毕业于永新女子学校，同年加入中国共产党；使用双枪；18 岁在井冈山与毛泽东结婚，生育三子三女；24 岁参加长征；27 岁去苏联治病并入莫斯科东方大学学习，从此与毛泽东相别容易相见难。

庐山之恋

在江西参加一个农业会议，会议结束后，我去了庐山。

因为是乘车直达牯岭，所以错过了好汉坡、三叠泉。即便牯岭已是难得一见的天上街市，心下的遗憾还是很深的。对于“一山藏六教”的庐山来说，我很是希望带着一份虔诚参悟其中的哲学意味。宋人的《虎溪三笑图》我无缘见识，只从书籍里略知一二：话说庐山上的莲教创始人慧远法师，三十年送客止于虎溪的习惯，连守山老虎都是知道的。某一天，这条戒律却被两位来访者——儒生陶渊明和道教宗师陆修静打破。送别路上，三人相谈甚欢，直至月出猿啼亦意犹未尽。在守山老虎大声吼叫的惊愕中，三人旋即会心地纵声大笑——儒道佛三位高师的会心大笑，充满了神秘，充满了玄机，充满了诱惑，也发人深省。

现在，牯岭街市满眼人间烟火。一部《庐山恋》日复一日在庐山电影院放映。是啊，爱情与美景，是怎么也不会让人厌倦的。张瑜因主演《庐山恋》一举成名，三十年过去了，她筹拍的《庐山恋 2010》眼下正在院线上映，角色易主而爱情依旧。

在庐山，“飞流直下三千尺”的景象是看不到的，那只是诗人夸张的写作手法罢了，不必较真。但是，望庐山瀑布，依然让人觉得非常震撼，由此可见，诗人并非无中生有。

到庐山来，自然是要看看长冲河畔那些别墅的。多年前看过一篇文章《蹉跎岁月哀婉事》，围绕星罗棋布各具姿态的庐山别墅，作者字字道来，声声血泪：“地是吾国地，山是吾国山，却不许吾国在此建房，国之衰颓至此，复何言哉！”弘一大师一声叹息，让出身富商之家、学贯中西的工程师凌云志发誓，哪怕付出“挟泰山以超北海”之力，也要在庐山建一座中式别墅。为此，三十岁的工程师不惜以利剪剪短阴茎，才获得建房特许。中式别墅如愿建好了，可是三个月后又被拆除了——不必问为什么，有些中国人就是那么让人匪夷所思……凌云志唯有仰天长叹，从此削发为僧，在晨钟暮鼓中了此余生。

民族苦难的年月里，所幸还有一位真诚的美国女子赛珍珠。她的童年以及之后的许多日子，就住在庐山的别墅里。她家的别墅建在半山坡上，并不起眼。我的目光返来复去寻找，也没能找到。我喜欢《大地》平缓优雅的笔调，她对中国的感情也让人欣慰。

众多别墅中最负盛名的，当属“美庐”。可惜我走的是另一条线路，参观的是“芦林一号”，即庐山博物馆，就这样，美庐，仍然飘浮在烟云中，飘浮在我的想象里。

池莉当年一部《绿水长流》，以如琴湖为背景写了一段与爱有关的故事。提到美庐，她说，看人家蒋公，为了表情达爱，出手就是一座别墅，穷人奢谈什么爱情！其实不能比的。周幽王烽火戏诸侯、李隆基一骑红尘妃子笑，岂不更甚？上下几千年，褒姒、杨贵妃、宋美龄之集三千宠爱于一身的女子，又有几人？

“渺渺兮予怀，望美人兮天一方”，这是我去庐山之前的感觉；现在，“美人”就在我眼前，而我还未来得及仔细品味她的美，即匆匆与之告别。

婺源之美

如果在春风轻抚的三月，前往婺源乡村观光，无疑是最明智的选择。满山遍野的油菜花盛开着，小小村落掩映其间，静若处子。你会觉得，陶渊明的世外桃源不过如此吧？我有幸一睹婺源芳容，却是在八月末，油菜花早已不知所踪，太阳高悬，暑热难当，这时节的婺源，美在哪里呢？

在婺源，我首先要去的，是李坑村。当电瓶车行至村头，下得车来，只见左手边一棵大樟树布得一片阴凉，右手边小河里流水自东向西哗啦啦响着。河那边山坡上有人背着一捆柴草走下来，浑然无视一波又一波的观光客。

李坑村很小。举目望去，粉墙黛瓦、马头翘角，真个是“中国画里的乡村”。村庄周围的环境，显而易见遵循了山地特征、风水意愿和地域美饰等徽州村落的选址特点，李坑村的民居、宅院，因而一概分布在小河两岸。沿左岸刚刚走过几户人家，即见一牌楼横亘眼前：仿木结构，四柱冲天，造型简洁而又不失雅致。牌楼正下方挂一大钟，左右两边各置两条长凳。听导游讲，大钟是用来召集人的，村人开会讲事，都在这里。在长凳上坐下来歇脚的时候，我的目光被牌楼近旁一座石拱桥牵引过去。桥上大大小小的竹筐里，晾晒着红彤彤的辣子，正有女童从桥上走下来，仿佛我的童年模样，仿佛一段岁月与我蓦然相逢——难道，这样的邂逅，就是美？

我恍惚跟在人群后面，去参观一座宅邸（谁的宅邸？如今我已不记得）。街上阳光充沛热浪滚滚，天井内湿漉漉的绿苔让人顿觉清凉。那所宅邸布局以中轴线对称分列，面阔三间，中为厅堂，两侧为厢房。整体建筑以木架构为主，梁托、爪柱、叉手、霸拳、丁头拱、斜撑等均雕以花纹：人物、山水、花草、鸟兽及八宝，题材众多，繁复而精美。对此，一直住在北方简单粗俗的“火柴盒”里的我，除了啧啧称赞，唯有依依不舍。

重新回到街上，继续抓拍河边妇女洗衣洗菜、儿童捉鱼，母亲唤儿的声音让我想起电影《指环王》结尾，矮人国里世外桃源的模样，在恩雅轻盈优雅的演唱声中，更增添了陶渊明的味道。

我在想，像李坑村这样相对原汁原味的古村落，这相对古朴的生活方式，这相对的美，还能维持多久？有人说，最好的保护，就是维持原貌。可面对熙来攘往的南北游客、滚滚向前的经济大潮，它如何能够维持原貌？当我从李坑村又去了江湾、小起两个村子，忧患更甚，后者新建的粉墙与黛瓦早已失了古意。

婺源很美，我只是有点伤感。

冬日黄河口

黄河奔腾万里流入大海，该是怎样壮阔的一种景象？好奇心一直诱惑着我。也曾多次找机会前往黄河口，但一直未能如愿。不承想，几天前竟然实实在在来到了黄河入海口，真应了那句话：有心栽花花不发，无心插柳柳成荫。

车子进入垦利区境内，目光所及，只见荒草茫茫，广袤的原野上，散落其间的油井钻塔寂寞地上下起伏。据说这片盐碱地只能生长红柳和苜蓿，又因为水多，低洼处野生的芦苇荡星罗棋布，一片连着一片，也许正因如此，这里逐年形成了中国最完整、最丰富、最广阔的湿地生态系统，被誉为“鸟类的天堂”。我们一路所见，正好印证了这一说法：天空中一行又一行说不出名字的鸟群悠然飞过；车行处，总有大鸟突然从苇丛中扑棱棱一跃而出，着实把人吓得不轻。

到达目的地后，下得车来才发觉，这里的冬天真冷啊。风从芦苇荡那边呼啸而至，又擦着我们的耳根和头发呼啸而去，一路浩浩荡荡所向披靡，多像诗人自由的灵魂！而黄河水大而无声，以她固有的浑厚与悠然，静静看着我们这些瑟瑟发抖的人。是的，她不在乎时光如梭，她知道自己从哪里来到何处去，她不在乎留下还是离去，即便一跃入海改变了当初的模样，她的心，始终从容不迫，闪耀着熟年之美——一个人，境界若能升华至此，不是可以少却许多烦恼吗？遗憾的是，我们总是欲求太多。如果我们追求幸福也就罢了，可我们追求的，却是比别人幸福，于是，我们总是与幸福擦肩而过。

前几天，心中郁结了太多愁绪，与朋友聊天时，他说，一个人之所以痛苦，是因为他在追求错误的东西。仔细想想，何尝不是呢？

“船来了，坐船吗？坐船吗？”想看到黄河入海那条黄蓝分明的界限，必须坐船进海。同事说，太冷了，还是算了吧？于是就算了。真正的浪漫本来需要一点好奇、一点惊喜、一点想象力，而我们，终是缺乏浪漫情怀。那么，且在陆地上行走吧，这片广袤的土地，一任我们跃马骋怀物我两忘！

冬天的黄河口自然不是最美的，然而冬天的黄河口自有一种苍凉之美。姿态各具的雁阵掠过湛蓝的天空，让天空变得更加辽远；红柳的青春和野花的芬芳一并凋零而成苍黄往事，而往事在怀念中更加香醇；风在水面上、在草尖上疾驰，把那些温吞记忆抛诸脑后，于是黄河口这份凛冽之美，深深震撼了我们的心灵。

冬日阳光映照长河荒野。风，更冷了。我们从木栈道上走过，足音踏踏，从水面上向远处飘去，常年与水为伴的芦苇和红柳一定听得见，一种博大精深、千锤百炼的力度结结实实蹲守在黄河口这片土地上了。遗世独立，旷野长风，这份宽容和大义何尝不是一种大美。